O Congresso de Literatura

FÓSFORO

CÉSAR AIRA

O Congresso de Literatura

Tradução do espanhol por
JOCA WOLFF E PALOMA VIDAL

Posfácio por
IEDA MAGRI

O CONGRESSO DE LITERATURA
7 Primeira parte: O Fio de Macuto
25 Segunda parte: O Congresso

139 POSFÁCIO
O Congresso de Literatura como *ars narrativa* de Aira
Ieda Magri

PRIMEIRA PARTE

O Fio de Macuto

NUMA VIAGEM QUE FIZ recentemente à Venezuela tive a oportunidade de admirar o famoso "Fio de Macuto", uma das maravilhas do Novo Mundo, legado de anônimos piratas, atração turística e enigma sem resposta. Um estranho e engenhoso monumento, que atravessou os séculos sem ser decifrado e no processo se tornou parte de uma Natureza que, nessas latitudes, é tão rica quanto todas as renovações que promove. Macuto é uma das localidades costeiras dispostas aos pés de Caracas, vizinha de Maiquetía, onde fica o aeroporto em que eu havia chegado. Alojaram-me provisoriamente no Las Quince Letras, o moderno hotel erguido em frente a uma parada e restaurante com o mesmo nome, sobre a costa. Meu quarto dava para o mar, o Caribe enorme e ao mesmo tempo íntimo, azul e brilhante. O "Fio" passava a cem metros do hotel; descobri-o da janela e fui até lá vê-lo.

Na minha infância, como toda criança americana, eu tinha me entupido de vãs especulações sobre o Fio de Macuto, onde se tornava real, tangível, vestígio vivo, o mundo romanesco dos piratas. As enciclopédias (a minha era *O tesouro da juventude*, que mais do que nunca nessas páginas merecia seu nome) traziam esquemas e fotografias, que eu reproduzia nos meus cadernos. E nas minhas brincadeiras desatava os nós, descobria o segredo... Mais tarde vi documentários sobre o Fio na televisão, comprei algum livro sobre o assunto e tropecei nele muitas vezes nos meus estudos de literatura venezuelana e caribenha, em que é um leitmotiv. Também acompanhei, como todo mundo (ainda que sem um interesse especial), as notícias que os jornais traziam de novas teorias, novas tentativas de decifrar o enigma... O fato de que sempre fossem novas era indício suficiente de que as anteriores haviam fracassado.

Segundo a lenda imemorial, o Fio deveria servir para içar um tesouro do fundo do mar, um butim de valor incalculável depositado ali pelos piratas. Um dos piratas (todas as indagações em crônicas e arquivos falharam em identificá-lo) deve ter sido um gênio científico-artístico de primeira magnitude, um Leonardo a bordo, para idealizar o maravilhoso instrumento que servia, ao mesmo tempo, para ocultar o butim e para recuperá-lo.

O aparelho era de uma simplicidade genial. Como o nome diz, era um "fio", um só, na realidade uma corda de fibras naturais, estendida uns três metros acima da superfície da água, sobre uma fossa marinha que forma o fundo perto da costa de Macuto. Um extremo do fio se perdia na fossa, passando por um tipo de roldana natural de pedra, numa rocha que emergia a duzentos metros da margem, dando uma voltinha de nós corrediços num obelisco também natural em terra, e daí subia por dois morrinhos da cadeia costeira, para voltar ao "obelisco", numa triangulação. Sem necessidade de restaurações, o dispositivo tinha resistido intacto à passagem dos séculos, sem cuidados especiais — ao contrário, sempre invicto diante das manipulações grosseiras e até brutais dos caçadores de tesouros (todo mundo é um), diante dos depredadores, dos curiosos e das legiões de turistas.

Eu fui mais um... O último, como se verá. Acabou sendo levemente emocionante me ver diante dele. Não importa o que se saiba de um objeto famoso: estar na sua presença é outra coisa. É preciso encontrar a sensação de realidade, descolar o véu de sonhos que é a substância da realidade e se colocar à altura do momento, do Everest do momento. Desnecessário dizer que sou incapaz dessa façanha, eu mais do que ninguém. Mesmo assim, lá estava ele... belíssimo em sua fragilidade invencível, tenso e fino, captando a luz antiga das navegações e das aventuras. Pude comprovar que era verdade o que se dizia dele: que nunca estava totalmente calado. Nas noites de tempestade o vento o fazia cantar e os que o escutaram durante um furacão ficaram obcecados pelo resto da vida com seu uivo de lobo cósmico. Todas as brisas marinhas haviam tocado essa lira de uma corda só, o ajuda-memória do vento. Mas mesmo nessa tarde, com o ar imóvel (se um pássaro tivesse soltado uma pena, teria caído em linha reta), seu rumor ressoava. Eram graves e agudos microtons, bem no fundo do silêncio.

Minha presença diante do monumento teve enormes consequências, objetivas, históricas; não apenas para mim, mas para o mundo. Minha presença discreta, inadvertida, fugaz, quase como mais um turista... Porque nessa tarde resolvi o enigma, pus para funcionar o dispositivo adormecido e tirei o tesouro do fundo do mar.

Não é que eu seja um gênio, nem um superdotado, nada disso. Ao contrário. O que acontece (tentarei explicar) é que cada mente se molda de acordo com suas experiências e memórias e saberes, com a soma total e a acumulação pessoalíssima de todos os dados, que a tornaram o que ela é, única. Cada pessoa é dona de uma mente com poderes que podem ser grandes ou pequenos, mas que são sempre únicos, próprios dela. E a tornam capaz de uma "façanha", banal ou grandiosa, que só ela poderia realizar. Aqui todas tinham falhado porque apostaram num simples progresso quantitativo da inteligência e do engenho, quando o que se precisava era de uma medida qualquer de ambos, mas da qualidade apropriada. Minha inteligência, comprovei-o à minha custa, é muito reduzida. Mal bastou para me impedir de afundar nas águas procelosas da vida. Mas é única em sua qualidade; e não é única porque eu tenha me proposto que seja e sim porque assim tem de ser.

Isso ocorre, e tem ocorrido assim com todas as pessoas, sempre e em todos os lugares. Mas um exemplo tirado do mundo da cultura (e de que outro mundo tirar?) pode torná-lo mais claro. A qualidade exclusiva de um intelectual pode ser captada simplesmente pela conjunção de suas leituras. Quantas pessoas pode haver no mundo que leram estes dois livros: *A filosofia da experiência viva*, de A. Bogdanov, e o *Fausto*, de Estanislao del Campo? Deixemos de lado as reflexões que eles poderiam suscitar, as ressonâncias, a assimilação, que serão necessariamente pessoais e intransferíveis. Vamos ao fato bruto dos dois livros. A coincidência de ambos num leitor é improvável, na medida em que pertencem a âmbitos separados da cultura, e que nenhum dos dois faz parte do acervo de clássicos universais. Mesmo assim, é possível que uma ou duas dúzias de inteligências dispersas no tempo e no espaço tenham recebido esse alimento dual. Mas basta que acrescentemos um terceiro livro, digamos *La Poussière des soleils*, de Raymond Roussel, para que o número diminua drasticamente. Se não for "um" (quer dizer, eu), passa raspando. Talvez sejam "dois", e a esse outro eu teria razões para chamá-lo *"mon semblable, mon frère"*. Um livro a mais, um quarto livro, e já posso ter a certeza de estar sozinho. E eu não li quatro livros; foram milhares os que o acaso ou a curiosidade trouxeram às minhas mãos. E, além de livros, para não sair do campo da cultura, discos, quadros, filmes...

Tudo isso, mais a textura dos meus dias e minhas noites desde que nasci, me deu uma conformação mental diferente de qualquer outra. E se deu a coincidência necessária para resolver o problema do Fio de Macuto; para resolvê-lo com a maior facilidade, com a maior naturalidade, tipo dois mais dois. Para resolvê-lo, disse, não para formulá-lo; de modo algum estou sugerindo que o pirata anônimo que o idealizou seja meu gêmeo intelectual. Não tenho gêmeo e por isso fui capaz de acertar em cheio o enigma que antes de mim centenas de estudiosos e milhares de ambiciosos tinham enfrentado em vão, durante quatro séculos e com meios muito mais abundantes, que nos últimos tempos incluíram escafandros, sonares, computadores e equipes multidisciplinares. Eu era o único e, em certo sentido, o predestinado.

Mas não o único em sentido literal, devo advertir. Qualquer um que tivesse tido as mesmas experiências que eu (isso sim: todas, porque é impossível determinar a priori quais são as pertinentes) poderia ter feito igual. E nem sequer as "mesmas" experiências literalmente, porque as experiências admitem equivalências.

Por isso não me gabo muito. Todo o mérito foi do acaso que me pôs, justamente a mim, no lugar certo: no Quince Letras, numa tarde de novembro, sem nada para fazer por várias horas (tinha perdido uma conexão no aeroporto e precisava esperar até o dia seguinte). Ao chegar não vinha pensando no Fio de Macuto, nem sequer me lembrava da sua existência. Fiquei surpreso de que estivesse ali, a um passo do hotel, como um lembrete da minha infância amante dos livros de piratas.

De quebra, e por mero império da lei da explicação, outro enigma relacionado foi esclarecido, que era saber como a corda (o dito "fio") resistira ao desgaste dos elementos por tanto tempo. A fibra sintética pode fazê-lo, mas não havia nada de sintético no Fio de Macuto, como demonstrado por exaustivas análises de laboratório feitas em alguns fiapos milimétricos extraídos com pinças de ponta de diamante: na sua composição não havia nada mais do que seda de abacaxi e lianas, sobre um suporte de cânhamo.

A solução do problema principal não me veio na hora. Durante duas ou três horas não soube o que estava se elaborando no meu cérebro, enquanto dava um passeio, subia ao meu quarto para escrever por um momento, olhava o mar pela janela e voltava a sair, no tédio da espera. Durante esse intervalo tive tempo de observar as evoluções de umas crianças que mergulhavam no mar por umas pedras a uns vinte metros da costa. Isso já é a "pequena história" e na verdade só tem interesse para mim. Mas dessas peças inenarráveis e microscópicas é feito o quebra-cabeças. Porque na realidade não existe o "enquanto isso". Por exemplo, na minha distração considerava a brincadeira desses garotos um artifício humilde feito com elementos naturais, entre eles o reconhecimento do prazer cinético do mergulho, o choque muscular, a natação-respiração... Como eles faziam para se esquivar dessas arestas de pedra escondidas pelas ondas? Como davam um jeito de passar a milímetros da pedra que os teria matado com sua carícia de medusa rígida? Pelo hábito. Deviam fazer isso todas as tardes. O que dava à brincadeira a matéria necessária para se tornar uma lenda. Essas crianças eram um hábito da costa de Macuto, mas a lenda também é um hábito. E a hora, a hora que se apresentava então precisamente, o crepúsculo tão adiantado nos trópicos e ao mesmo tempo tão demorado e majestoso em seus acordes, a hora participava do hábito...

De repente, tudo se encaixava. Eu, que nunca entendo nada a não ser por cansaço, por desistência, de repente entendi tudo. Pensei em anotar alguma coisa, para uma novelinha, mas por que não fazer alguma coisa, uma vez na vida, em vez de escrever? Enveredei depressa para a plataforma onde o triângulo do Fio fazia seu vértice... Toquei de leve os nós com a ponta dos dedos, invertendo-os em bloco sem tentar desatá-los... Houve um zumbido que se ouviu a quilômetros em todas as direções e o Fio começou a correr sobre si mesmo a uma velocidade cósmica. As montanhas às que estava amarrado começaram a tremer, mas deve ter sido uma ilusão produzida pelo deslizamento da corda, que se estendeu ao pedaço que entrava mar adentro. Os olhares dos curiosos que tinham me visto agir, e os daqueles que vieram às janelas dos edifícios próximos, apontaram para o alto-mar...

E de lá, com um rugido prodigioso e uma explosão de espumas, saltou o cofre do tesouro na ponta do Fio, com força tal que se elevou uns oitenta metros pelo ar, parou um instante e logo veio em linha reta, sempre amarrado pelo Fio que se retraía, até cair intacto sobre a plataforma de pedra, a um metro de onde eu o esperava.

Não desenvolverei aqui toda a explicação, porque tomaria muitíssimas páginas, e me impus uma extensão fixa para todo o texto (do qual este é apenas o prólogo), por respeito ao tempo do leitor.

O que quero destacar é que não me limitei a resolver especulativamente o enigma, mas que o fiz também na prática. Quero dizer: depois de compreender o que era preciso fazer, fui e fiz. E o objeto respondeu. O Fio, um arco esticado fazia séculos, lançou enfim sua flecha e trouxe aos meus pés o tesouro oculto, tornando-me rico num instante. O que foi muito prático, porque sempre fui pobre, e ultimamente estava mais pobre do que nunca.

Eu tinha acabado de passar por um ano de angústias econômicas e, de fato, estava me perguntando como sair de uma situação que piorava dia após dia. Minha atividade literária, encarada em termos de inatacável pureza artística, nunca me deu rendimentos materiais. O mesmo vale, e em maior medida pelo segredo em que os realizei, para meus labores científicos, dos quais falarei mais adiante. Desde minha primeira juventude, vivi do meu trabalho como tradutor. Com o tempo fui me aperfeiçoando nesse ofício, no qual obtive algum prestígio, e durante os últimos anos pude gozar de certa tranquilidade, que nunca chegou à abundância, coisa que não me preocupa porque mantenho um regime de vida muito austero. Mas agora a crise afetou seriamente a atividade editorial, compensando o período anterior de euforia. A euforia levou ao excesso de oferta, as livrarias se encheram de livros de produção nacional e, quando o público precisou apertar o cinto, a compra de livros foi a primeira coisa suspensa. De forma que as editoras se viram com estoques descomunais, impossíveis de distribuir, e só lhes ocorreu reduzir a atividade. Reduziram-na tanto que passei o ano desocupado, administrando penosamente minhas economias e aguardando com ansiedade o futuro. É possível ver então como foi oportuno para mim esse acontecimento.

Há aqui um motivo extra de assombro, e é pensar como foi possível que uma riqueza proveniente de quatrocentos anos atrás continuasse tendo valor, e que esse valor fosse enorme. Sobretudo levando em conta a velocidade em que se sucedem nos nossos países as desvalorizações, as mudanças de denominação da moeda e os planos econômicos. Mas não entrarei nesse assunto. Por outro lado, a riqueza sempre tem alguma coisa de inexplicável, mais do que a pobreza. A partir daquele momento, eu estava rico e pronto. Caso não tivesse que partir no dia seguinte rumo a Mérida, para um compromisso assumido do qual não podia (nem queria) escapar, teria ido a Paris ou a Nova York para estrear minha opulência.

Assim, na manhã seguinte, com os bolsos cheios e precedido por um clamor de fama que ganhava os jornais do mundo inteiro, peguei o avião que me levou à bela cidade andina onde acontecia o Congresso de Literatura, objeto deste relato.

SEGUNDA PARTE

O Congresso

1

PARA ME FAZER ENTENDER no que segue, terei que ser muito claro e muito detalhado, ainda que em detrimento da elegância literária. Mas sem ser muito prolixo nos detalhes, porque o acúmulo deles pode obscurecer a captação do conjunto; além de que, como já disse, preciso vigiar a extensão. Em parte pela exigência de clareza (me apavoram as neblinas "poéticas"), em parte por uma inclinação natural em mim à disposição organizada do material, acho que o mais conveniente será remontar ao começo. Mas não ao começo desta história, e sim ao anterior, o começo que possibilitou que existisse uma história. Para isso é inevitável mudar de nível, e começar pela Fábula que constitui a lógica da narrativa. Depois terei que fazer a "tradução", mas como fazê-la inteiramente me tomaria mais páginas do que me impus como máximo para este livro, irei "traduzindo" somente o que for necessário; o que não for, restará em fragmentos de Fábula na sua língua original; mesmo me dando conta de que isso pode afetar o verossímil, penso que de todo modo é a solução preferível. Faço a advertência suplementar de que a Fábula, por sua vez, retira sua lógica de uma Fábula anterior, em mais um nível de discurso, do mesmo modo que do outro lado a história serve como lógica imanente de outra história, e assim ao infinito. E (para terminar) que os conteúdos com que preenchi estes esquemas não mantêm entre si mais do que uma relação de equivalências aproximativas, não de significados.

Era uma vez, então... um cientista na Argentina que fazia experimentos com a clonagem de células, de órgãos, de membros, que chegara ao ponto de poder reproduzir à vontade indivíduos inteiros em quantidades indefinidas. Experimentou primeiro com insetos, depois com animais superiores, por último com seres humanos. O sucesso era invariável, ainda que, ao passar aos seres humanos, os clones resultantes tenham mudado sutilmente de natureza: eram clones não parecidos. Superou o desalento produzido por essa variação dizendo-se que, no fim das contas, a percepção de semelhanças é uma coisa muito subjetiva, sempre questionável. Não tinha dúvida de que seus clones fossem genuínos, legiões do Um, cujo número podia se multiplicar quantas vezes quisesse.

Neste ponto chegou num impasse, sem poder seguir na direção do seu objetivo final, que era nada menos do que o domínio do mundo. Nesse sentido, ele era o típico Cientista Maluco dos quadrinhos. Não podia se propor a nada mais modesto, porque no seu nível não valeria a pena. E descobriu que, para o objetivo final, seus exércitos de clones (virtuais no momento, já que por motivos práticos fizera apenas umas poucas mostras) não serviam para nada.

De certo modo, tinha se metido na armadilha do próprio sucesso, no esquema clássico do

Cientista Maluco, que no decorrer da aventura propriamente dita, na política da ação, é sempre derrotado, por maiores que tenham sido seus feitos prévios no campo da ciência. Para sua sorte, ele não estava maluco de verdade, a sede de poder não o cegava: tinha margem de lucidez suficiente para mudar a tempo o curso de seus experimentos. Podia fazê-lo graças às condições materiais em que os realizara. Condições precárias, de *bricoleur* amador, se virando com papelões e frascos, com brinquedos reciclados e réplicas chinesas usadas. O laboratório estava instalado no quartinho de serviço do seu velho apartamento; e como não tinha depósito de cadáveres, fazia circular seus clones humanos pelas ruas do bairro. A pobreza, que tantas frustrações lhe causara, mostrou seu lado positivo quando ficou evidente que só atingiria seu objetivo mediante uma radical reconversão de métodos, e esta pôde ser feita sem prejuízo de investimentos ou instalações, que não existiam ou que equivaliam a nada.

O problema, e a solução, foram estes: podia criar um ser humano a partir de uma única célula, um ser idêntico em corpo e alma ao espécime do qual provinha a célula. Um, ou muitos, tantos quantos quisesse. Até aí, tudo bem. O inconveniente, paradoxal se se quiser, é que essas criaturas não podiam deixar de estar à sua mercê. Ele não podia ficar à mercê delas. Podiam obedecê-lo, ele não podia obedecê-las; não via razão para isso: eram seres sem prestígio, sem ideias, sem originalidade. E, sendo assim, a ação ficou truncada, porque ele continuava assumindo a iniciativa. E o que ele podia fazer, mesmo como comandante em chefe de um exército inumerável, para alcançar seu objetivo último de domínio global? Declarar uma guerra? Lançar-se ao assalto do poder? Tudo indicava que seria derrotado.

Não tinha sequer armas, nem sabia como consegui-las; as armas não se reproduziam por clonagem; esta agia somente sobre matéria orgânica vivente, de maneira que a vida era o único elemento com que podia contar. E a mera multiplicação da vida não pode ser contada como arma, ao menos nas condições em que se dava no seu caso, por clonagem. O milagre da criação espontânea de um sistema nervoso extra se anulava quando este era despojado de início da sua possibilidade de dar ordens e, com ela, da faculdade de criar.

Era nesse ponto que o Cientista Maluco mais se afastava do estereótipo do Cientista Maluco, que é geralmente teimoso, com uma obsessão autodestrutiva de preservar a posição central da sua inteligência. O nosso chegou à conclusão de que a partir do estágio a que havia chegado somente conseguiria dar o "salto adiante" se encontrasse o modo de sair do centro, se sua inteligência se pusesse a serviço de outra inteligência, seu poder a serviço de outro poder superior... se sua vontade se degradasse dentro de um sistema de gravitações externas. Aí estava sua originalidade sem paralelo (em termos de Cientista Maluco): o reconhecimento de que "outra" ideia é sempre mais eficaz que "uma" ideia, apenas por ser outra. Uma ideia não é enriquecida nem pela expansão nem pela multiplicação (os clones), mas pela passagem para outro cérebro.

O que fazer então? A solução óbvia era clonar um homem superior... Mas não era tão fácil escolher um. A superioridade é uma questão relativa e eminentemente sujeita a discussão. Sobretudo, não é fácil decidir a partir do próprio ponto de vista, que é o único ponto de vista de que dispomos. E adotar critérios objetivos pode ser enganador; mesmo assim, só podia adotar algum tipo de critério objetivo, cuja escolha devia então refinar. Como primeira medida, devia descartar o parecer estatístico, o que prevaleceria numa enquete, vale dizer, o que se inclinaria pelos que estão no cume da pirâmide visível do poder: chefes de Estado, magnatas, comandantes... Não. Pensar nisso não lhe provocava mais que um sorriso, o mesmo sorriso que imaginava muito bem nos lábios dos verdadeiros donos do poder ao ouvir esses nomes. Porque a experiência da vida lhe ensinara que, dissessem o que dissessem, o verdadeiro poder, o que faz sorrir com desdém do poder aparente, residia em outra classe de gente. Seu instrumento principal e definidor era a alta cultura: a Filosofia, a História, a Literatura, os Clássicos. As pretensas substituições pela cultura popular, pela tecnologia de ponta e até pela acumulação de enormes fortunas provenientes da manipulação financeira, eram simulacros inoperantes. De fato, o disfarce da alta cultura como coisa antiquada e fora de moda era o estratagema perfeito para desorientar as massas incautas. Por isso a alta cultura continuava sendo privilégio quase exclusivo da classe alta. Mas o Cientista Maluco nem sequer pensou em clonar um membro dessa classe. Justamente porque tinham o exercício do poder último e definitivo tão assegurado, e o tinham assegurado em toda a sucessão de gerações de si mesmos, não lhe serviam.

Pensou então em recorrer a algum grande criminoso, mas era uma ideia romântica, atraente só por sua ressonância nietzschiana e, no fundo, absurda.

No fim, decidiu-se pelo mais simples e efetivo: por uma Celebridade. Por um Gênio reconhecido e aclamado. Clonar um gênio! Era o passo decisivo. A partir daí, o caminho para o domínio do planeta estava livre. (Entre outras coisas, porque a metade já tinha sido percorrida.) Sentiu a excitação dos grandes momentos. Para além dessa manobra, não tinha sequer necessidade de fazer projetos ou de abrigar esperanças, porque tudo já estaria posto, "investido", no Grande Homem, que por ser superior se responsabilizaria. Ele, de sua parte, ficaria livre de qualquer responsabilidade, a não ser a de fazer o papel de puxa-saco, do bufão abjeto, e já não importariam sua incompetência, sua pobreza, suas derrapadas; ao contrário, elas se tornariam suas cartas de triunfo.

Escolheu-o cuidadosamente, ou melhor, não precisou escolher porque o acaso pusera em sua mira, e ao alcance da mão, o gênio mais indiscutível e intocável que poderia querer; seu nível de respeitabilidade se aproximava do máximo. Foi seu alvo natural e pôs mãos à obra sem demora.

Dizer que o tinha "ao alcance da mão" é um exagero; em nossa cultura das celebridades, elas vivem isoladas dentro de inexpugnáveis muros de privacidade e se deslocam em invisíveis fortalezas que ninguém escala. Mas o próprio acaso que o tinha designado conduziu-o mais ou menos para perto... Não precisava estar muito perto. Tudo o que precisava era uma célula do corpo dele, uma célula qualquer, pois todas contêm a informação necessária para clonar o indivíduo inteiro. Como não podia confiar que o acaso lhe permitisse se apoderar de um fio de cabelo ou de um pedaço de unha ou de pele, usou uma das suas criaturas mais confiáveis, um pequeno clone de vespa reduzido ao tamanho de um ponto, carregado desde o nascimento com os dados de identidade do gênio de sempre, e mandou-a em sua missão secreta ao meio-dia, com as condições de proximidade asseguradas (a vespa tinha pouca autonomia de voo). Confiava cegamente nela, porque sabia que era sujeito das forças infalíveis do instinto, da Natureza que nunca erra. E ela não o desapontou: dez minutos depois voltava trazendo a célula nas patinhas... Depositou-a imediatamente na lâmina do microscópio de bolso e ficou extático. Confirmava os bons fundamentos da sua estratégia:

era uma célula belíssima, profunda, carregada de linguagens, irisada, de uma cor azul límpida com reflexos transparentes. Nunca tinha visto uma célula igual, quase não parecia humana. Colocou-a no clonador portátil que levara consigo, chamou um táxi no hotel para que o levasse até o topo mais alto das imediações, dali continuou subindo a pé durante umas duas horas e, já sob os ventos gelados onde começava a sentir falta de ar, procurou um lugar recôndito para depositar o aparelho. Essa incubação no cume de uma montanha não era um detalhe poético: as condições de pressão e temperatura a essa altura eram as necessárias ao processo; para reproduzi-las artificialmente teria de estar no seu modesto laboratório, do qual estava separado por uns milhares de quilômetros, e temia que a célula não resistisse aos rigores da viagem ou que perdesse seu vigor. Deixou-a lá no alto e desceu. Só lhe restava esperar...

Aqui devo fazer uma primeira tradução parcial. O "Cientista Maluco", é claro, sou eu. A identificação do Gênio pode resultar mais problemática, mas não vale a pena se perder em conjecturas: é Carlos Fuentes. Só aceitei ir a esse Congresso em Mérida depois de confirmada a presença dele; precisava me aproximar o suficiente para que minha vespa clonada pudesse lhe arrebatar uma célula. Era uma oportunidade única de tê-lo ao alcance de minhas manobras científicas. Serviam-me de bandeja, e sem ter que gastar nem sequer com a passagem de avião, o que não teria sido possível do jeito que as coisas estão ultimamente. Ou tal como estavam, antes do episódio do Fio de Macuto. Tivera um ano péssimo, de indigente, pela gravidade da crise econômica, que afetou particularmente o setor editorial. Apesar disso, não tinha interrompido os meus experimentos, porque no nível em que trabalhava não precisava de dinheiro. Além de cair como uma luva para meus fins secretos, esse convite para o Congresso me dava oportunidade de passar uma semana nos trópicos, de tirar umas férias e descansar e me recompor e espairecer um pouco depois de um ano de preocupação constante.

De volta ao hotel, a exaltação das últimas horas passava à fase de anticlímax. A primeira parte da operação, a que mais exigia de mim, estava cumprida: conseguira uma célula de Carlos Fuentes, depositara-a no clonador, o qual permaneceu funcionando em condições ótimas. Se a isso se somava o fato de no dia anterior eu ter decifrado o secular enigma do Fio de Macuto, podia por ora me dar por satisfeito e pensar em outras coisas. Dispunha de vários dias para tanto. Clonar seres vivos não é soprar e fazer garrafas. Faz-se por si, mas toma seu tempo. Ainda que o processo esteja prodigiosamente acelerado, é necessária quase uma semana do calendário humano para se completar, porque deve reconstruir em miniatura toda a geologia da evolução da vida.

Não me restava mais que esperar. Devia pensar em alguma coisa para ocupar o tempo. Como não tinha intenção de assistir às tediosas sessões do Congresso, comprei uma roupa de banho e a partir do dia seguinte comecei a passar as manhãs e as tardes na piscina.

2

NA PISCINA TODOS OS MEUS PROPÓSITOS concentraram-se num só: atenuar minha hiperatividade cerebral. Deixar-me ser, pelado ao sol. Fazer silêncio dentro de mim. É um propósito que me persegue por todos os meandros da vida, quase uma ideia fixa. É a pequena ideia de espanto que soa em meio a todas as demais, aumentando o ruído psíquico, já considerável por si só. A hiperatividade tornou-se o modo de ser normal do meu cérebro. Sempre foi assim, na realidade, ao menos desde a minha adolescência, e do modo normal do resto do mundo, o pausado e semivazio, me informei por meio das minhas leituras, da observação, da dedução e da adivinhação. E porque, em alguma ocasião e durante alguns segundos, tive a experiência. Minhas leituras sobre técnicas psíquicas orientais, e até esses estúpidos artigos sobre "meditação" que as revistas femininas costumam trazer, fizeram-me saber que existe um passo além: o vazio mental, a falta completa ou quase completa de atividade elétrica no córtex cerebral, o apagão, o descanso. E se em algum momento, com a minha ambição característica, quis eu também me situar ali, chegando a praticar todos os exercícios que as receitas indicavam, tive que me convencer de que era tempo perdido. Aquilo não era para mim. Antes disso devia descer dos cumes do frenesi, tomar as rédeas e apaziguar o animal desbocado do meu pensamento, obrigá-lo a andar num passo normal; só então poderia vislumbrar com realismo esses orientes de serenidade espiritual.

Perguntei a mim mesmo como havia chegado a essa situação, o que acontecera na minha etapa de formação para que meu fluxo mental ganhasse essa velocidade desmedida e estacionasse nela. Também me perguntei (o que foi que não me perguntei) a respeito da medida exata dessa velocidade, já que o conceito de "hiperatividade cerebral" é aproximativo e deve conter gradações.

À primeira pergunta, a da história do meu mal, respondi bem ou mal com um pequeno "mito de origem" privado, cujas modulações foram todos os romances que escrevi. Se quisesse esquematizar isso em abstrato me veria em apuros, porque as variantes do mito não são "exemplos" particulares de uma forma geral, do mesmo modo que os pensamentos particulares que atravessam minha cabeça como relâmpagos o tempo todo não são casos ou exemplos de um pensamento modelo.

Esse mito das miríades ideais, esse pequeno drama sem atores nem enredo, teria o formato de uma válvula. Ou, em termos menos técnicos, do que Baudelaire chamou de "irreversibilidade". Pensamento que se forma, que não passa de novo pelas forcas caudinas do seu engendramento, não recua até o nada do qual proveio. O que explica, além do abarrotamento feroz, uma marca muito visível do meu caráter: meu atordoamento, minha imprudência, minha frivolidade. Pois o retrocesso de uma ideia às suas condições de produção é a condição necessária da sua seriedade.

No meu caso, nada volta atrás, tudo vai para a frente, empurrado com selvageria pelo que continua entrando pela válvula maldita. Esse quadro, levado ao seu ponto de maturação por minhas vertiginosas reflexões, ditou-me o caminho da solução, que vou colocando em prática esforçadamente quando tenho tempo e vontade. O caminho não é outro a não ser aquela fartamente trilhada (por mim) "fuga para a frente". Já que voltar atrás está fora de questão, adiante! Até o final! Correndo, voando, deslizando, até esgotar todas as possibilidades, até conquistar a serenidade com o fragor das batalhas. O veículo é a linguagem. Qual outro? Porque a válvula é a linguagem. Aí estava a raiz do problema.

O que não impede que, de vez em quando, como fiz nessas sessões de piscina, tente fazer isso de modo convencional, relaxando, procurando esquecer de tudo, tirando férias.

Mas não me iludo: essa ocupação tem algo de simulacro, porque acho que nunca vou renunciar à minha velha e querida hiperatividade cerebral, que no fim das contas é o que sou. Por mais projetos de mudança que a gente faça, nunca se é capaz de mudar voluntariamente o fundo, a essência, que costuma ser o nó dos piores defeitos que se tem. Eu mudaria, e certamente já teria mudado, se fosse um defeito visível, como ser coxo ou ter acne; mas não é. O resto do mundo não tem como adivinhar meus turbilhões mentais sob meu aspecto impassível, a não ser talvez por um exagero dessa impassibilidade ou por certas distrações em que entro e saio sem aviso. Ou então, para algum crítico literário sobre-humano, por minha relação com a língua. A hiperatividade cerebral se manifesta dentro de mim (e a língua é a minha ponte para o exterior), com mecanismos retóricos e quase retóricos. E estes se distorcem de um modo muito peculiar. Por exemplo, a metáfora:

tudo é metáfora na microscopia hipercinética da minha psique, tudo está no lugar de outra coisa... Mas da totalidade não se sai incólume: o todo forma um sistema de pressão que distorce as metáforas e desloca seus membros a todas as outras, estabelecendo um contínuo.

"Sair pela frente" dessa situação requer um grande esforço de arte-ciência diante do qual, evidentemente, não recuei. Mas é um esforço que faço nos meus termos. Aqui também age o princípio de Heisenberg: a observação modifica o objeto observado e aumenta sua velocidade. Sob minha lupa interior, ou dentro dela, cada pensamento em sua anamorfose retórica ganha a forma de um clone, uma identidade superdeterminada.

O que me faz lembrar da resposta à pergunta que ficara pendente: como medir a velocidade do meu pensamento. Estou testando um método inventado por mim: lançar através de todos os pensamentos um perfeitamente vazio, que por não ter conteúdo permite ver os contornos fugazes, mas fixos nele, de cada conteúdo alheio. Esse homenzinho clonado retrógrado, o Velocímetro, é meu companheiro de caminhadas solitárias e é o único que conhece todos os meus segredos.

3

ASSIM COMO SOU TODO PENSAMENTO, sou todo corpo. Não é contraditório. Os todos se superpõem... O conceito de "todo" é bem escorregadio; só pode ser manejado pelo sujeito em ação e, a partir do momento em que o sujeito pode enunciá-lo, ele se torna uma verdade. Era verdade dentro do Universo restrito dessas jornadas de descanso que me **permiti no intervalo** da minha operação, **na piscina de um** luxuoso hotel dos arredores **da cidade, sob o** sol dos trópicos. Lamentava **que fossem poucos dias** de uma única semana; no **gozo que me produzia** essa deliciosa passividade, não podia mais do que desejar que fosse assim pela vida toda, no mundo todo, todo o todo. Era natural deslizar para a totalidade. Meu corpo a aceitava, se enchia dela, a irradiava. Para completar, o clima estava perfeito. E pouca gente ia à piscina, alguns jovens, garotas e rapazes, umas crianças com suas mães, algum solitário como eu... Em certas manhãs não havia ninguém. O cuidador nadava melancolicamente, volta após volta, dormitava na sua cadeira ou se entretinha pescando com a peneira de retícula finíssima um mosquito afogado que flutuava entre duas águas. A água estava limpa como um cristal bem lavado, seria possível ler jornal no fundo. Meus anfitriões do Congresso me disseram ser lógico que não houvesse muita gente... Inclusive, não conseguiam acreditar quando eu dizia que não era o único. A quem poderia ocorrer, exclamavam, ir nadar numa piscina em pleno inverno? É verdade que era inverno, mas tão perto do equador que eu nem notava, para mim continuava sendo verão, e continuava sendo uma totalidade de verão e vida.

Uma coisa curiosa que notei, e quero deixar registrada neste relatório, é que todo mundo que se reunia na piscina nesses dias, sem se conhecer e sem ter combinado nada, eram espécimes perfeitos do gênero humano. Quero dizer, tínhamos aspecto humano, com todos os membros e correspondentes músculos e nervos no lugar e nas devidas proporções. A perfeição física no humano é rara por definição, já que o menor defeito a anula. Se sairmos na rua e observarmos as pessoas, apenas um de cada cem passa na prova. Todos os demais são monstros. Mas, para minha lânguida surpresa, todos os que nos reuníamos cotidianamente na piscina (sempre diferentes, menos eu) éramos uma reunião desses poucos por cento. Pergunto-me se não será sempre assim, em qualquer reunião casual. Seja como for, a exposição dos corpos dos banhistas ao sol, em traje de banho, não podia me enganar. O espetáculo descansava minha vista e minha mente. Não procurava defeitos, porque não havia; de certo modo, não poderia haver. Os desvios do cânone físico produzem monstros; todo tipo de monstros, até os imperceptíveis. Um dedo do pé ligeiramente mais largo ou longo do que deveria ser basta para fazer um tipo de monstro. Uma célula, um erro de ortografia dentro de uma célula... Por algum motivo, os monstros escapam da rede que traz os humanos à superfície. Ficam flutuando como ludiões nas penumbras da irrealidade. Sobre isso eu sei muito porque é o ramo da ciência que pratico.

As perfeições, por sua vez, são todas diferentes: a perfeição em si é a perfeição ou realização plena da diferença. Por isso, cultivar a perfeição é colaborar com o que um jovem discípulo me apontou uma vez como a tarefa a que devíamos dedicar nossa vida: fazer nascer o indivíduo.

Os devaneios me paralisavam. Ficava catatônico na minha espreguiçadeira durante horas. A arte da perfeição só podia ser levada a cabo num eterno verão, ou num dia eterno, ou numa vida sem fim... Mas, como as estações nos trópicos, como esse anacrônico inverno estival, essas eternidades deviam ser reduzidas a uma estranheza psíquica e ser invisíveis para todos.

Não era mais prático esse método do que o dos clones? Por acaso alguma coisa me impedia de adotá-lo? Agora que eu estava rico, graças ao Fio de Macuto (ainda não havia me acostumado à ideia, era muito recente), podia vir me instalar sob esses céus e viver pelado sob o sol, sem me preocupar com nada. Não deveria sequer mudar de área. A literatura, a clonagem... as transformações são realizadas *sem o menor gasto de energia*. Isso é fundamental. Se fosse requerido um esforço, ainda que o mais ínfimo, dado que o ponto de partida e o de chegada numa transformação são idênticos, i.e. o "transformado", a energia ficaria sobrando, incharia o universo por um lado ou por outro, produzindo um volume, e estaríamos de volta ao campo do monstro.

Mas não. Despertava-me dessas fantasias a lembrança do trabalho que tinha nas mãos. Mergulhava pela última vez, nadava um tempo na piscina já deserta e depois passeava pelas bordas, deixando que o sol poente e as suaves brisas altas me secassem. Conseguia ver, à minha volta toda, as montanhas com os cumes cobertos de neve. Lá em cima, em algum ponto inacessível, o clonador, o coração oculto dos morros, estava realizando seu trabalho secreto.

Minha sombra estirava-se à minha frente, uma sombra humana, mas também estranha, irreconhecível. Eu afastava os braços do corpo e os braços da sombra faziam o mesmo, levantava um pé, requebrava a cintura, fazia a cabeça girar, e a sombra me imitava. Será que também o faria se abrisse os dedos de uma mão? Experimentava. Entregava-me a uma dança de reconhecimento... Os banhistas olhavam para mim de canto de olho, com discrição... Quando viajamos sentimos uma certa impunidade, parece que ninguém nos conhece. Não era o meu caso. Quando a brisa me trazia pedaços de suas conversas, comprovava que estavam falando de mim: "famoso escritor... o Fio de Macuto... saiu nos jornais...".

A impunidade sempre é impunidade para começar a dançar. Que me importava o ridículo! Eu estava em vias de ganhar uma espécie superior de impunidade, e isso ninguém sabia.

4

A ÚNICA INTERRUPÇÃO QUE HOUVE nessa sequência de jornadas de descanso e natação foi provocada por uma cerimônia privadíssima que me senti obrigado a realizar na quarta-feira à noite. Nessa tarde, a vespa tinha morrido.

Dois dias antes, depois de ela ter me trazido a célula de Carlos Fuentes, eu a devolvi à gaiola onde a trouxera de Buenos Aires. Ao decidir trazê-la eu já sabia que, para ela, era uma viagem sem retorno. Esses insetos têm vidas muito breves e de fato esta, tendo chegado aos cinco dias, havia sido longeva. Uma vez cumprida sua missão, como já não precisava mais dela, poderia tê-la destruído, junto com sua gaiolinha, para não deixar rastros das minhas manobras. Ter viajado com ela tinha seu grau de risco, de tal modo que a mantivera clandestina. Ainda que não exista de fato legislação sobre tráfico internacional de material clonado, a sensibilidade da alfândega à entrada de drogas, mutantes genéticos e armas bacteriológicas poderia ter me causado problemas. Mas não tinha outra saída a não ser trazê-la, então me arrisquei. Por sorte não houve imprevistos.

Eu também não queria que soubessem de sua existência no hotel: minha atividade científica é um segredo; dar explicações teria me botado num beco sem saída, sobretudo se viesse à tona que estava fazendo experimentos com o célebre autor mexicano. Dá para ver então que o mais prudente teria sido fazer a vespa desaparecer a partir do momento em que não precisava mais dela; e não deveria ter sentido nenhum escrúpulo, uma vez que, de qualquer modo, a morte natural não demoraria. Mas a lealdade à minha pequena criatura foi mais forte. Preferia esperar que morresse por si mesma, que cumprisse seu ciclo vital, como se entre ela e mim houvesse a mediação da Natureza com suas leis sacrossantas.

Desconfiava das camareiras do hotel, da curiosidade e brutalidade delas, mas ainda assim a deixava no quarto. Poderia tê-la levado comigo para qualquer lugar, no bolso, só que, mais do que das camareiras, desconfiava da minha distração: sempre estou perdendo coisas, ou deixando-as esquecidas, em todos os cantos. De tal forma que a deixava guardada, por dias inteiros, enquanto duravam minhas intermináveis sessões de piscina. Trancada, isso sim. Felizmente, não tive motivos para me arrepender. Quando voltava ao meu quarto tirava-a dali e colocava a gaiolinha na mesa de cabeceira, enquanto lia deitado ou dormia. Além da lealdade, deve ter havido um componente de sentimentalismo ou de solidão: afinal, era uma companhia, um lembrete da minha vida em casa e no laboratório, uma minúscula fagulha argentina.

Falar de "vespa", ou de "inseto", como faço, é uma simplificação abusiva; são palavras que, como faço repetidamente neste livro, uso só para me fazer entender. Para criar minha "vespa" eu usara DNA de vespa, é verdade, porque precisava de algumas das suas propriedades, mas as usara apenas como manequim (aqui recorro ao jargão especializado) de outras virtudes que a missão requeria e que extraí do meu catálogo de genes. Se preferi o manequim de vespa ao de libélula ou abelha foi porque sua aderência aos genes estranhos é maior. Mas a ferinha resultante se parecia pouquíssimo com uma vespa: para começar, era do tamanho de uma partícula de pó. Sob o microscópio, teria se assemelhado mais a um hipocampo dourado, com vigorosas asas de mariposa, em forma de leque, e sairia da cabeça algo entre um chifre de rinoceronte e a garra de um caranguejo, articulado: o alicate celular. Tudo isso existe, e muito mais, na zoologia. Era um protótipo, um espécime único, um simpático monstrinho que não se repetiria.

Como disse, na quarta-feira à tardinha, quando voltei da piscina, encontrei-a morta. Sua vida consumara-se em menos de uma semana: havia começado na Argentina e havia terminado na Venezuela, vários milhares de quilômetros ao norte. Fiquei contemplando-a por um tempo, triste sem saber por quê. Seu cadáver não era mais que um ponto, que além disso tinha ficado translúcido, algo ambarino, no chão da sua casinha, na qual ninguém mais viveria porque tinha sido construída para ela. Quando falei antes de "gaiola" também foi para simplificar; era um cubículo de papel celofane, do tamanho de um dedal, ao qual por fantasia dei a forma de chalé suíço, com câmara de pressurização feita à base de gene de lampreia. Se existisse o gene do mobiliário, teria feito um lindo enxoval para ela, de tão perfeccionista que sou.

Caía a noite. Desci para jantar, e depois fiquei fazendo hora no bar, até as onze. Contra o meu costume, tomei um café. Nunca faço isso a essa hora, porque me tira o sono e tenho pavor da insônia. Mas nessa noite eu ficaria acordado, porque já tinha adotado um plano de ação. E, além do mais, com essa superdeterminação que conheço tão bem, que se desencadeia e prolifera assim que começa a ação, precisaria de um dos utensílios do café: a colherinha, que roubei. Era uma bela colherinha de prata, com um palhaço lavrado no cabo.

Um tempo depois, quando fiz os meus acompanhantes acreditarem que ia dormir, saí do hotel. A cidade estava deserta. Tomei a direção oposta ao centro; a rua subia num aclive íngreme até a pista de saída, para além da qual me encontrei em campo aberto, no sobe e desce das montanhas. Embrenhei-me por umas centenas de metros, até parar de ouvir os carros. A única luz era a das estrelas, mas estavam tão acesas, tão arrebatadas, tão próximas, que eu via tudo, perto e longe, as massas abruptas de pedra, os recantos profundos do vale, o rio sob as pontes.

Qualquer lugar dava no mesmo e esse onde eu me encontrava era tão bom quanto qualquer outro, de modo que enfiei a mão no bolso para tirar a pequena defunta. Nesse momento observei a meus pés o movimento das massas obscuras que eu confundira com pedras. Olhei bem e vi que todas se mexiam, com lentidão e regularidade de sonâmbulos. Eram urubus, esses abutres pretos que planavam o dia inteiro sobre o vale. Pousados, como os via agora pela primeira vez, pareciam umas lúgubres galinhas corcundas. Pelo visto eu tinha ido parar num dos seus dormitórios monteses. O passeio em que eu os encontrava entregues podia se dever ao fato de que os tinha tirado do sono com minha intrusão ou, quem sabe, eram realmente sonâmbulos. Pareceram-me o cortejo ideal para acompanhar o enterro da vespa. Pus mãos à obra.

Com a colherinha cavei um fosso circular de uns cinco centímetros de diâmetro e quase vinte de profundidade, no fundo abri uma câmara sepulcral mais ou menos esférica, e depositei ali o chalezinho suíço de celofane com sua moradora, para a eternidade. Fechei a entrada com uma moeda e preenchi o túnel vertical com terra que bati com o polegar. Um seixo triangular cravado na superfície serviu como lápide.

Levantei e dediquei um último pensamento à minha vespa. Adeus, amiguinha! Adeus...! Não nos veríamos mais, mas eu não a esqueceria... Não poderia esquecê-la, mesmo se quisesse.

Porque nada ocuparia seu lugar. A melancolia se misturava à exaltação. O Cientista Maluco (e eu mesmo, em outro dos níveis de significação deste relato) podia se gabar do luxo inaudito de ter feito com que um processo evolutivo completo servisse a um fim determinado e único e, além disso, subsidiário, quase como ir comprar o jornal... Eu precisara de alguém que conseguisse para mim uma célula de Carlos Fuentes e, para isso, e só para isso, tinha criado um ser ao qual confluíam milhões de anos e muitos milhões mais de delicadezas de seleção, adaptação e evolução... somente para realizar um serviço único e esgotar nele seu sentido; uma criatura descartável, como se o milagre que é o homem tivesse sido criado, certa tarde, só para ir até a porta para ver se estava chovendo e, cumprida essa tarefa, fosse aniquilado. É evidente que, com os procedimentos da clonagem, esses desmesurados períodos de labor natural se miniaturizavam em poucos dias, mas ainda assim continuavam sendo essencialmente os mesmos.

5

AQUI ACHO QUE CHEGOU O MOMENTO de fazer outra "tradução" do que venho contando, para deixar claras minhas verdadeiras intenções. Minha Grande Obra é secreta, clandestina e abrange toda a minha vida, até nas suas menores dobras e nas aparentemente mais banais. Dissimulei até agora meus propósitos sob o disfarce tão acolhedor da literatura. Como escritor não causa apreensões especiais. Marginalmente, essa fachada deu-me algumas satisfações mundanas e um modus vivendi aceitável. Mas meu objetivo, que à força de transparência se tornou meu segredo mais bem guardado, é o típico do Cientista Maluco dos desenhos animados: estender meu domínio ao mundo inteiro.

Não me escapa que aqui há uma jogada metafórica; o "domínio", o "mundo" são palavras e a frase contendo-as se presta a interpretações inteligentes, filosóficas, paradoxais...

Não vou cair nessa armadilha. O domínio de que falo quer se estender na realidade, o "mundo" não é outro além do mundo comum e objetivo... Se há algo paradoxal é que a linguagem tenha moldado a tal ponto nossas expectativas que a realidade real se tornou o que há de mais distante e inapreensível.

Minha Grande Obra tem como prolegômenos infinitos, justamente, a abertura das portas da realidade. A uma dessas "portas" (esta metáfora é inofensiva) já fiz referência: a perfeição. Daí a piscina. Meu cérebro: o campo de batalha.

Passada certa idade, a perfeição do próprio corpo é ameaçada por uma dúvida. É difícil avaliar objetivamente, porque continuamos sendo adolescentes para nós mesmos e os outros sempre têm algum motivo para mentir. A perfeição torna-se uma ânsia, às vezes devoradora. Faríamos qualquer coisa para atingi-la; eu faria, sinceramente, qualquer dieta, qualquer ginástica. Não há esforço diante do qual eu recuaria. Mas não sabemos qual é essa "qualquer coisa" e não há como averiguar. Se perguntarmos a dez pessoas, darão dez respostas diferentes. E assim se desperdiça o mais genuíno desejo. Faríamos o que fosse necessário... se soubéssemos o que é. Mas não sabemos.

Por isso a perfeição tem que se dar desde o início. Não se chega a ela. O milagroso é que realmente se dá. A vida tem essa generosidade, e a tem sempre.

Se o que foi mencionado acima fosse um enigma, eu não precisaria dizer a resposta nem sequer escrevê-la ao contrário no pé desta página, porque qualquer leitor a teria dito antes: o amor. O amor, a coincidência portentosa, a surpresa, a flor do mundo.

Até aqui vim fazendo um retrato do personagem que me representa em termos mais ou menos justos e realistas, mas parciais. Até aqui, poderia ser tomado por um cientista frio e lúcido, que redige uma memória razoável, em que até as emoções ganham uma tonalidade gelada... Para completar o quadro, seria preciso pintar um fundo de paixão, tão vívida e excessiva que faz todo o resto tremer.

Não entrarei em detalhes, porque seria contraproducente. Eu me conheço e sei que o triunfo do meu pudor, quando me ponho a escrever, se traduziria num desses contos de fadas tão absurdos que não sei aonde iria parar. Direi somente o básico; melhor que isso, farei um esquema.

Há anos, nesta mesma cidade, nesta mesma piscina, conheci uma mulher por quem me apaixonei. Não pude ou não quis me comprometer, voltei a Buenos Aires, retomei minha vida, mas a lembrança de Amelina não me abandonou. Devo dizer que não mantivemos nem sequer contato epistolar, porque quando fui embora esqueci de anotar seu endereço, o que foi um esquecimento muito significativo. De fato, não me sentia no direito de amá-la. Tinha idade para ser minha filha, era uma estudante de literatura, de uma inocência difícil de descrever. E eu, de minha parte, casado, pai de família, dedicado a uma obra científica secreta que me obrigava a contorcionismos maquiavélicos... Que futuro poderíamos ter? O momento passou e ao mesmo tempo não passou. O amor de Amelina continuou me habitando e foi uma constante fonte de inspiração. Agora, ao voltar, pensava nela. Mas Amelina não apareceu. Continuava vivendo na cidade, pelo que fiquei sabendo por acaso, e deveria estar a par da minha presença pelos jornais, mas se manteve longe. Evitava-me. Compreendi e aceitei. Além disso, não estava certo de que a reconheceria se a gente voltasse a se ver. Tinha passado muito tempo, muitos anos, provavelmente estava casada...

Era uma história velha, mais velha que ela própria, na realidade. Quando conheci Amelina, foi amor à primeira vista, envolvente, um turbilhão... E assim foi porque sua corrente me arrastava muito para trás, até a época em que eu também tinha amado. Nesse momento eu já era um homem maduro, perdera quase todas as minhas esperanças, sentia que já tinha vivido tudo, acreditava que nada devolveria minha juventude perdida. E nada me devolveu, evidentemente. Mas ao ver Amelina, feito um milagre, reconheci nos seus traços, na sua voz, nos seus olhos, uma mulher que havia sido a grande paixão dos meus vinte anos. Eu tinha amado a bela Florencia desesperadamente (o nosso amor era impossível), com toda a loucura da adolescência, e nunca deixei de amá-la. Não deu certo, nossos caminhos se separaram, ela se casou, eu também, vivíamos no mesmo bairro, às vezes a via passar, com seus filhos que cresciam... Passaram-se vinte anos, trinta... Ela engordou, a menina delicada e tímida que eu adorara se tornou uma senhora madura, com sua respeitabilidade de classe média... Já deve ser avó. Que incrível! Como a vida voa! Para o coração o tempo não passa.

Florencia renascera em todo esplendor da sua juventude na doce Amelina, que eu precisara atravessar o continente para encontrar. Senti-as identificadas até nos menores detalhes, na mais íntima dobra dos seus sorrisos ou dos seus sonhos. A coincidência atravessava a vida e, no estranhamento mágico que me provocava, eu encontrei a justificação do meu trabalho: nos anos seguintes ao meu encontro com Amelina, minha grande obra ganhou altura, ganhou uma direção definida e comecei a ver seus frutos. Foi minha Musa.

Pois bem. Na quinta-feira à tarde, eu estava dormindo na minha espreguiçadeira à beira da piscina quando, de repente, algo me fez levantar a cabeça e olhar ao meu redor. Num primeiro momento, não pensei que fosse nada especial: os poucos banhistas que me acompanhavam àquela hora estavam quietos, alguns conversando a meia-voz, umas crianças brincavam na água. No céu os sempiternos urubus. E, no entanto, nessa calma sem acidentes algo se preparava, eu conseguia sentir...

Entendi que me encontrava em estado profético, como um possuído. O que estava para acontecer já estava acontecendo. Levantei-me num salto, leve e pesado ao mesmo tempo, uma estátua de metal flutuante, e fui até a borda da plataforma do solário. Do outro lado da piscina, bem na minha frente, se alçava uma estátua palpitante. Nunca me senti tão nu. Era Amelina, maior que o natural (ou menor?), em cores suaves como se tomadas pelas penumbras do meio-dia. Ela também me olhava. Compreendi que era uma alucinação porque a via tal como tinha sido anos atrás, quase uma menina que me descobria com toda a surpresa da aventura do amor. E, no entanto, era real, ou tinha algo de real. Sempre existe algo de real no que ocorre, é inevitável. Mas era muito estranho o tom da sua pele e a maneira como a luz que a delineava se isolava da luz atmosférica. Isso porque, notei com um sobressalto, sua figura não projetava sombra no chão. Em seguida, numa sequência psíquica muito veloz, soube que eu também não tinha sombra, e que no céu, atestei ao levantar a vista, o sol desaparecera. O céu perfeitamente azul das quatro da tarde, sem uma única nuvem... não tinha sol. Tinha se evaporado.

Voltei a olhar para Amelina. Da água da piscina que nos separava subiam monumentais formas transparentes em contínua metamorfose. Ocorreu-me que era outro Fio de Macuto, o dos sonhos, o íntimo...

De repente, Amelina havia desaparecido, as formas se aplacaram numa ondulação horizontal e o sol voltou a brilhar no meio do céu. Minha sombra voltava a se alargar diante de mim... Minha sombra, em todas as piscinas dos Andes.

Não pude deixar de olhar para as montanhas, na direção aproximada onde colocara o clonador. O gesto teve a virtude de me devolver à realidade. O que estava acontecendo por lá, ao menos, eu estava certo de que não era um sonho. Fossem quais fossem as vias estranhas que meus pensamentos tomavam, o processo continuava, independente de mim; ainda que depois tivesse de me encarregar dele. Mas isso seria uma espécie de epílogo; em si, a Grande Obra consistia precisamente em me abster de qualquer intervenção, chegar a um paralelo de absoluta objetividade.

6

EM OUTRO NÍVEL, HÁ OUTRA COINCIDÊNCIA: a da velocidade do pensamento consigo mesma. Isso equivale a dizer que a Grande Obra, enquanto produção do indivíduo, é exatamente a que se faz no intervalo da vida a essa velocidade constante. Em certo sentido, a velocidade é a Grande Obra; no procedimento, elas se confundem. De modo que a minha Grande Obra, o meu trabalho secreto é pessoalíssimo, intransferível, ninguém além de mim pode realizá-lo, porque é feito dos inumeráveis instantes psíquicos e físicos cuja sucessão minha velocidade confirma. A velocidade em que deslizo no tempo. Ao me fazer indivíduo, o meu trabalho me faz amar e ser amado.

Isso me ocorre ao considerar, com assombro, a quantidade de coisas que me aconteceram enquanto não acontecia nada. Notei-o ao correr da pena: houve mil pequenos incidentes, todos carregados de significado. Tive de fazer uma seleção, porque do contrário seriam coisas que não acabam mais. Mas é normal que nas viagens aconteçam mais coisas que na rotina da vida sedentária. Não apenas porque realmente acontecem, porque a gente se põe em movimento e sai em busca dos fatos, mas também porque ao sair do habitual nossa percepção acorda, vemos e ouvimos mais, e até sonhamos mais. Para alguém que viaja tão pouco como eu, e que leva uma vida tão rotineira como a minha, uma viagem pode representar uma diferença abismal; é o equivalente objetivo da hiperatividade cerebral.

A seleção de fatos com os quais levo adiante este relato dos dias de espera, enquanto o processo de clonagem se realizava na montanha, está sendo feita um pouco ao acaso, atendendo nada além de suas possibilidades de tradução.

Devo dizer que também estava acontecendo o Congresso de Literatura a que tinham me convidado, e do qual me mantive tão alheio que não poderia mencionar um só dos temas tratados nas suas conferências e painéis de discussão. Mas um dos seus momentos tinha a mim como participante, e ainda que esta participação fosse, por sorte, passiva e indireta, de qualquer modo não tive outro remédio a não ser me informar. Era uma atividade paralela, optativa, feita fora do âmbito das sessões; consistia na encenação de uma das minhas comédias por parte do Grupo de Teatro Universitário da Faculdade de Ciências Humanas. Ao que parecia, já tinham representado outras peças minhas, e dessa vez a escolha recaiu sobre a que se intitula *Na Corte de Adão e Eva*. Não era minha preferida, mas não fiz objeções quando a vi no programa que me mandaram meses atrás. Mal cheguei e já quiseram que eu presenciasse os últimos ensaios, que aprovasse o figurino e a cenografia, que conhecesse os atores... Recusei com educação. Queria ser apenas mais um espectador. Só falei isso para não pegar mal, pois me era indiferente vê-la ou não vê-la e, por mim, teria me abstido; mas acabou sendo verdade. Quanto à sugestão que me fizeram de dar uma palestra para o elenco sobre as intenções que me moveram a escrevê-la, minha negativa teve razões mais firmes. A primeira é que não acho conveniente me explicar; as demais tinham a ver com o tempo passado desde que a escrevera e o esquecimento em que a tinha. Ficou acertado assim e, ainda que provavelmente desiludidos, não pareceram ofendidos.

Contudo, fiz uma intervenção num ponto. A comédia seria encenada para o público em geral num auditório recém-construído; mas a pré-estreia seria somente para convidados do Congresso e havia a possibilidade de fazê-lo em outro lugar, inclusive ao ar livre, aproveitando o bom clima. Pediram minha opinião e aí sim senti que tinha algo para dizer. Como se esperava de mim algo inesperado e extravagante, escolhi o aeroporto, que fica em pleno centro, porque Mérida ocupa todo o pequeno vale em que se encontra. Eles concordaram, conseguiram a autorização e fizeram todos os arranjos.

Essa comédia data da minha época darwiniana, mas anuncia meu trabalho posterior com os clones. Foi uma exceção no conjunto dos meus escritos, porque sinto aversão pelo que agora se chama "intertextualidade" e nunca pego elementos da literatura para meus romances e comédias. Imponho-me o trabalho de inventar tudo; quando não tem outro jeito a não ser recuperar alguma coisa já existente, prefiro lançar mão da realidade. Mas me permiti essa exceção porque afinal o Gênesis é um caso especial, ainda que seja só pelo título. Se a invenção, ou a transmutação da realidade, são partes de uma mecânica ampla de genética literária, o Gênesis bem pode ser considerado seu plano central, pelo menos entre nós ocidentais.

Na realidade, não é suficiente dizer que essa pecinha anunciava meu trabalho posterior no campo científico. A mera ideia da existência de Adão e Eva, da humanidade (a espécie) reduzida retroativamente a um único casal, favorece por si só a genética. Eu diria que é o extremo a que a imaginação pode chegar nesse campo. A genética é a gênese da diversidade. Porém, se não há ninguém em quem a diversidade possa se desenvolver, esta reverte sobre si mesma, se enrosca na sua particularidade geral e daí nasce a imaginação.

Lembro que, por ocasião de sua estreia, anos atrás, um crítico classificou-a como "uma bela história de amor". Retrospectivamente, encontrei nessa peça uma chave para minha dificuldade de falar do amor a não ser através de complexas traduções em perspectiva. A coincidência de Adão com Eva, num mundo onde não era necessário procurar pelos labirintos exaustivos do real, é uma teoria do amor. De Adão a Eva havia se dado uma passagem que, sob a fábula da costela, não era outra coisa senão a clonagem. Uma vez que os dois personagens estavam em cena, a clonagem caía, definitivamente. O plano da fábula encarregava-se de colocá-la num passado inacessível, um passado que somente podia ser captado com a imaginação ou a ficção. Eu acredito que esse mito foi o que fez do passado uma coisa mental; sem sua interposição talvez hoje tratássemos o passado como uma realidade a mais, como um objeto da percepção.

No presente, restou o sexo como único caminho da reprodução. As cenas de Adão e Eva estavam tão perto da clonagem, da qual foram protagonistas involuntários, que sua paixão conjugal se contaminava de fábula. Na medida em que eu fizera da sexuação um tabu pessoal, aproximava-me deles com o tremor de uma familiaridade monstruosa.

Agora começo a me lembrar com mais detalhes da época em que escrevi essa peça. É compreensível que a tenha deixado velada numa névoa de esquecimento voluntário, porque foi um momento obscuro da minha vida, talvez o pior, o mais perturbado. Meu casamento passara por provas muito exigentes, eu vivia obcecado com o divórcio, que me parecia a única solução e ao mesmo tempo me causava um pavor insuportável. Comecei a beber demais e, como na minha constituição existe algo refratário ao álcool, desenvolvi sintomas quase grotescos; o pior foi uma contração da perna esquerda, que começou a se comportar como se fosse vinte centímetros mais curta do que a direita; minhas duas pernas têm exatamente a mesma medida, que eu saiba, mas de qualquer forma passei meses coxeando da maneira mais chamativa. Tudo isso, somado, me levou a consumir drogas (foi a única vez em toda a minha vida). Fiquei viciado em proxidina, e cedo ou tarde teria morrido de uma overdose, tamanho o meu abuso, se não tivesse encontrado, por fim, a saída.

Parte da minha cura ou, em todo o caso, o testemunho dela, foi a escrita dessa comédia. Isso explica que tenha recorrido a um mito já existente. Pode parecer excessivo enquanto explicação para minha queda num recurso literário que deploro, mas assim são as coisas, assim é o parto das montanhas. No fundo, as núpcias de Adão e Eva eram o mito da contiguidade absoluta, o sexo precedido e tornado possível pela clonagem; a proxidina produzia precisamente isso nas minhas células cinco vezes por dia. Mas, uma vez que tudo foi devolvido à literatura, a cura foi completa.

Outro episódio confluente, que a memória agora me oferece com um gesto que parece querer dizer "tenho mais", foi uma espécie de alucinação fugaz que tive naquela época e que, em meio às muitas alterações perceptivas que a droga me produzia, não me chamou muito a atenção. A cada vez que fechava os olhos via dois homens se jogando um contra o outro, como dois esgrimistas, mas sem armas; via-os de lado, muito nítidos, os dois vestidos de preto. A cena tinha pouquíssima profundidade de campo, era quase uma pintura animada, mas dotada de um terrível volume de violência.

Abria em seguida os olhos e a cena desaparecia. Enchia-me de horror o ódio com que esses dois homenzinhos ópticos se jogavam um contra o outro. Não conseguia suportar e os dissolvia erguendo as pálpebras como uma mola, sendo que a cena se reduziu sempre para mim a esse esboço de estocada sem arma. O que aconteceria depois? Nunca soube, mas talvez um dia eu venha a saber.

O encontro era no sábado à última hora da tarde. Abreviei um pouco, muito pouco, minha sessão de piscina, voltei ao hotel de táxi, tomei um banho e fiquei cochilando um tempo. Desci quando me avisaram por telefone que o ônibus estava para sair. Meus colegas, homens e mulheres, estavam arrumados como se fossem à ópera. As jovens estudantes que trabalhavam como voluntárias na organização do Congresso estreavam indumentárias brilhantes e, sobre seus rostos morenos muito maquiados, se erguiam penteados altos e elaborados com lenços de seda. Havia dois ônibus esperando e uma longa fila de táxis e limusines. Como sempre, estávamos atrasados. Subi no primeiro ônibus, cujo chofer buzinava com impaciência, e partimos como uma flecha. Para poupar tempo, pegamos o viaduto que rodeava a cidade e durante todo o trajeto fui contemplando pela janela o panorama de montanhas, absorto em meus pensamentos. Se meus cálculos estivessem corretos, nessa mesma noite meu clonador daria o gongo final à sua tarefa e se romperia a carapaça do Gênio. Já deviam estar se dilatando os tegumentos da criação. Ao amanhecer, desceria dos cumes o clone acabado de Carlos Fuentes e se iniciaria a fase final da minha Grande Obra.

No aeroporto tudo estava pronto para a apresentação, que começou tão logo os últimos convidados chegaram. Ainda que tivessem me reservado um assento na primeira fila, preferi vê-la em pé, escondido, pode-se dizer, "nos bastidores", ou seja, entre as plantas, porque a representação se deu no jardim que separava as salas de espera, balcões e bar das salinhas envidraçadas do pré-embarque. Era um jardim maravilhoso, um tanto selvagem; nessas latitudes é difícil manter a vegetação sob controle. Arbustos florescidos como labaredas envolviam o pé das palmeiras, as figueiras-da-índia projetavam calhas de formas teimosas, as plumagens das samambaias formavam telas estufadas e de todas as partes pendiam enormes orquídeas amarelas, violetas, azuis. As folhas de algumas plantas eram tão grandes que uma única teria bastado para me esconder. Entretive-me espiando o público. Todos voltavam a me parecer autômatos surgidos do coração de meus experimentos. Estava possuído por uma espécie de desdobramento. Pensava: "Se fossem reais, o que estariam fazendo neste momento?". Mas outra parte de mim sabia que eram reais. Era como se a própria realidade tivesse mudado de tempo e agora tivesse saltado para outro... Anos atrás, neste mesmo lugar, vira Amelina pela última vez, tivéramos nossa explicação final, com lágrimas e promessas. O lugar havia ficado impregnado, como um êxtase objetivo. Percebi que meus olhos a procuravam, mas eu não a veria. Como atravessar com o olhar os muros do presente? Nos grandes vidros de que eram feitos todos os edifícios do complexo, refletiam-se a exuberância do jardim, transparente na repetição, e, percorrendo esses labirintos fantasmáticos, as grandes formas brancas dos aviões.

A hora podia ter algo a ver com isso. O sol tinha se posto atrás das montanhas, tão altas e próximas que confundiam. Ao desaparecer do céu, o dourado intensificara-se na atmosfera.

No momento em que soaram as primeiras falas, que eu lembrava melhor do que gostaria, minha estranheza se acentuou. Meus olhos tinham se paralisado magnetizados em Carlos Fuentes, sentado na primeira fila. Estava absorto na peça, concentrado ao máximo, em outro mundo. Ao seu lado a esposa, Silvia, bela como a fada das histórias, descontraída e com um vago sorriso de interesse nos lábios. A vaidade do autor, que não se anulava totalmente nem sequer nesse instante, fez-me perguntar o que achariam da minha pecinha. Temia ficar abaixo do seu juízo. Contudo, falei para mim, isso era inevitável e, de resto, que importância tinha a essa altura?

As risadas me sobressaltaram. Tinha esquecido que o público podia reagir. Voltei apressadamente a atenção aos atores, que evoluíam em meio ao jardim. Eva estava recostada num divã, com um volumoso traje vermelho de sultana e um Mickey Mouse de borracha nos braços. Parecia esperar alguma coisa com impaciência. Dois bufões tocavam vastas harpas a seus pés. Entrava uma empregada e anunciava:

"O Senhor Adão não pode vir agora, senhora: está ocupado". O que era tudo isso? Não reconhecia, era dadaísta demais. E, no entanto, eu tinha escrito aquilo. Eva ia ela mesma buscá-lo no seu laboratório. Adão aceitava acompanhá-la para tomar chá, mas não aceitava desprender-se do seu Exoscópio, o qual carregava com dificuldade porque era um aparelho enorme. Pouco a pouco voltava-me a lembrança. Sim, eu tinha escrito tudo isso. Mais: respeitavam escrupulosamente o texto, até a última vírgula. Se tivesse alguma dúvida de que o escrevera, ali estavam meus temas recorrentes, meus pequenos truques e até os diálogos que tinha tirado da realidade sem mudanças e que me remetiam a chás que tomara com minha esposa em distantes tardes de verão. Mas por que os tomavam em xícaras desmesuradas, de vinte litros? Nesse ponto, o que eu tinha que lembrar (e o fazia) era o processo mental que tivera lugar ao escrever; nesse caso, lembrar equivalia a reconstruir. Esse detalhe das xícaras queria dizer que no começo do mundo os tamanhos ainda não eram congruentes: isso tinha levado um longo intervalo de evolução. Os diálogos, com acento caribenho, soavam-me estranhos, sobretudo desde que eu começava a recuperar sua pulsação intelectual, mas precisava reconhecer que eram textuais.

Somente num ponto os produtores tinham inovado: Adão era negro. Ainda que não chegasse a ser uma inovação. Simplesmente o ator era negro e provavelmente era o melhor ator disponível. Não iriam discriminá-lo! Na Venezuela existem muitos negros, ainda que bem menos na área andina, e ainda menos na universidade. Mas os poucos que existem se destacam, de modo que não era surpreendente que a ele tivessem dado o papel principal. Certamente faziam como se fosse mais um, igual a todos os outros, e de fato talvez eu fosse o único que estava se dando conta de que era negro.

Quanto ao Exoscópio que Adão carregava o tempo todo durante toda a peça, tinham feito um bom trabalho, ainda que lançando mão da solução mais simples e menos imaginativa. Esse aparelho era o pivô sobre o qual girava todo o jogo cênico. Nas anotações eu me limitara a indicar seu tamanho (dois metros por um e meio por um, mais ou menos) e que precisava ter aspecto de dispositivo científico-óptico. A ideia, que o encenador havia captado, era que fosse uma "máquina celibatária"; talvez ele tivesse captado bem demais, porque esse Exoscópio era um pouco parecido demais com o Grande Vidro de Duchamp.

Os incidentes da trama iam acontecendo um após o outro. Toda a intriga se baseava numa impossibilidade misteriosa que residia no próprio coração da relação entre os protagonistas. O amor era real e, no entanto, era impossível. Os experimentos de Adão, as frivolidades cortesãs de Eva, eram evasões. O amor revelava-se uma impossibilidade que parecia metafísica ou sobrenatural e, na realidade, era muito simples e até prosaica: Adão era casado.

Devo confessar que não soube resolver o difícil problema que esse argumento apresentava. Porque se Adão e Eva eram respectivamente o único homem e a única mulher no planeta, então a esposa de Adão, a esposa ausente cuja existência impedia-lhe de viver seu amor com Eva, não era senão a própria Eva. A ideia (muito característica minha, a ponto de achar que é a ideia que tenho da literatura) fora criar algo equivalente a essas figuras ao mesmo tempo realistas e impossíveis, como o *Belvedere* de Escher, que se veem viáveis no desenho, mas não podem ser construídas porque são apenas uma ilusão da perspectiva. É possível escrever isso, mas é preciso estar muito inspirado, muito concentrado. Eu falho na precipitação, na pressa de terminar e no desespero de agradar. Nessa comédia só conseguira sustentar isso à base de ambiguidades e de réplicas espirituosas. E por pouco tempo, porque logo começavam a acontecer coisas.

Foi então, quando a ação se precipitava para o final, depois dos exasperantes diálogos do chá, que caiu sobre mim como uma bomba atômica mental a magnitude da minha avacalhação. Mais uma vez eu cedera à tolice, à frivolidade de inventar por inventar, a recorrer ao inesperado como a um deus ex machina! O velho conselho sábio que adornava o frontispício da minha ética literária, "Simplifica, filho, simplifica", mais uma vez dilapidado! O pouco de bom que escrevi foi feito atendo-me, por acaso, a ele. Somente no minimalismo se pode chegar à assimetria que, para mim, é a flor da arte; na complicação é inevitável que se configurem pesadas simetrias, vulgares e exibicionistas.

Em mim, no entanto, é fatal essa mania de acrescentar coisas, episódios, personagens, parágrafos, de ramificar e derivar. Deve ser por insegurança, por temor de que o básico não seja suficiente, e então tenho que adornar e adornar, até chegar numa espécie de rococó surrealista que a ninguém exaspera tanto quanto a mim.

Era como um pesadelo (o pesadelo dos pesadelos) ver materializados os defeitos viventes do que eu escrevera. Nisso havia, para meu castigo, algo de justiça poética, porque a lógica a que a comédia começava a obedecer a partir desse ponto era a dos pesadelos. Contra o pobre Adão se rebelava o próprio cérebro e, num acesso de demência, ele assassinava Eva... O drama estava empetecado com detalhes truculentos: decapitava-a e, depois de fazer alguns malabarismos macabros com a cabeça, dividia a longa cabeleira loira em duas mechas e a amarrava à cintura do cadáver, o qual deixava em pé. Os laços do cabelo ficavam pendurados sobre as nádegas e a cabeça na frente, como um tapa-sexo. E depois disso Adão fugia, sempre carregando o Exoscópio. Intervinha a polícia babilônica e o inspetor encarregado comentava: estamos diante de um assassino em série, o padrão do crime se repete, esta é a sétima, todas loiras de cabelo longo, a cabeça amarrada à cintura... Mas Adão, por definição, era o primeiro e único dos homens! Então não podia ser um suspeito a mais e sim, necessariamente, o culpado. E, mais do que isso, se Eva era a única mulher, como seria uma vítima a mais na série?

Os assassinos em série são um fruto tardio da evolução. Eu mesmo não entendia.

Na sequência, dentro da caverna em que Adão se escondera, o fantasma de Eva aparecia integrado aos vidros da máquina celibatária. Os agentes de uma potência estrangeira aproveitavam a situação para roubar o Exoscópio, sem saber que Eva continuava vivendo nele... Era grotesco, chocante, me dava vergonha.

7

POR INCRÍVEL QUE PAREÇA, gostaram dessa bazófia. Quando terminou já havia anoitecido. Com a última luz, no momento culminante da apresentação, o avião da tarde aterrissara; chegam a Mérida dois voos diários e os dois devem tocar o chão com luz diurna por causa das manobras que os pilotos precisam realizar para contornar os picos que rodeiam esse vale estreito. O ruído dos motores encobriu algumas réplicas e poucos minutos depois os passageiros atravessaram o cenário em fila, carregados de bolsas e malas, sem interromper a encenação. Esse detalhe era o que mais se comentava durante o brinde oferecido depois pelo Diretor do Aeroporto. Havia um clima festivo, quase eufórico; todo mundo parecia contente, menos eu. Deixei-me levar pela má ideia de sair da depressão bebendo. Desde a minha desintoxicação, dez anos atrás, não provava uma gota de álcool. Ao menos tive a cautela de não misturar; mas o rum é enganador, sempre suave, sempre tranquilizante, como uma perene causa sem efeito, até que o efeito se manifesta e então nos damos conta de que o efeito já estava presente desde o início, desde antes que a causa começasse a existir. No salão havia um problema de acústica. Todos gritavam e ninguém se ouvia. Eu recebia os cumprimentos com disposição de perfeito idiota. Via os lábios se mexerem e sorria, às vezes mexia os lábios eu também, e bebia e voltava a sorrir; doía-me o rosto de tanto sustentar essa careta. Recebi até as palavras de Carlos Fuentes nessa condição.

O que aconteceu na sequência ficou apagado na bruma da bebedeira. Embarcamos nos ônibus, que nos levaram direto ao restaurante do hotel para jantar e daí ao bar, para continuar bebendo, e à meia-noite fomos de táxi a uma discoteca... Ao longo desses diversos estágios da noitada, eu senti, debaixo dos efeitos agudos do rum, um incômodo que não se aplacava, sobretudo porque não conseguia localizá-lo. Não sabia o que era que estava errado; não podia ser o sentimento de estar fora de lugar, porque é o habitual em mim. Com o tempo pude entender o que acontecia: era que no meu estado de semiconsciência tinha me integrado ao grupo dos jovens: voltara com eles no ônibus, sentara-me à sua mesa e ficara seduzido pelo que se seguiu. Eram os estudantes que faziam trabalho voluntário na organização (eles chamavam de "logística") do Congresso, a maioria moças, quase nenhum deles de mais de vinte anos. Os que se candidatavam a esse trabalho não eram necessariamente entusiastas da literatura. Meus colegas não tinham feito nada para me tirar de perto deles, ao contrário. Confirmavam a fama que eu tinha construído de preferir a "vida" às letras. Estavam convencidos de que eu andava atrás das jovenzinhas e aprovavam isso, o que de certa forma os legitimava indiretamente, mostrando que a literatura era parte da vida e da paixão. Os estudantes, por sua vez, não pediam outra coisa além da atenção que eu parecia lhes prestar, que eu os preferisse aos famosos escritores com quem deveria estar conversando, para se luzir em público com o herói do Fio de Macuto.

Passei o resto da noite na discoteca. Havia luzes estroboscópicas, salsa a todo volume e tanta gente que mal dava para se mexer. Eu não me importava porque estava na estratosfera. Os jovens eram meus guarda-costas bêbados. A ideia falsa que meus colegas maduros faziam de mim podia ser encarada de outro ponto de vista, que no fundo era o mesmo: o vampirismo. A falsa maturidade que era a minha não podia ser vista de outra forma. Mas meu vampirismo é especial, acho.

O vampirismo é a chave da minha relação com o próximo, é o único mecanismo que permite que eu estabeleça uma relação. É uma metáfora, claro. Os vampiros propriamente ditos não existem, são apenas o ponto em que se enroscam todas essas formas de parasitismo vergonhoso que precisam da metáfora para se assumir. A forma que essa metáfora ganha em mim é especial, quero dizer. O que sugo do próximo a que me prendo não é dinheiro, nem segurança, nem admiração, nem — passando ao âmbito profissional — temas ou histórias. É o estilo. Descobri que qualquer ser humano, qualquer ser vivo, na realidade, além de tudo que pode exibir como posses materiais e espirituais, tem um estilo com que faz a gestão dessas posses. E aprendi a detectá-lo e a me apropriar dele. O que gera uma consequência de importância para as minhas relações, ao menos entre as que estabeleci depois dos quarenta anos: são passageiras, começam e terminam, e são bastante fugazes. Cada vez mais fugazes, à medida que vou me tornando mais hábil na captura de um estilo pessoal. Qualquer outro gênero de vampirismo poderia tornar permanentes as relações, por exemplo, se extraísse dinheiro ou atenção da minha vítima; as reservas do próximo tendem a ser infinitas. Mesmo se fosse em busca de história, um único sujeito poderia provê-las a mim indefinidamente. Mas o estilo não. Há um maquinismo que se esgota na passagem interpessoal. Posto em ação, não demoro a ver o meu vampirizado secar, murcho e vazio, perdendo todo o interesse. Então passo ao seguinte.

Com o que disse, expus todo o segredo da minha atividade científica. Os famosos clones não são outra coisa senão duplicação de células de estilo. O que deveria me levar a questionar minha fome de estilos. Acho que a resposta está na mera necessidade de persistir. Busquei no amor uma saída para essa necessidade, mas sem sucesso até o momento.

Estávamos amontoados num banco contra a parede; ao meu lado, conversando comigo às vezes, estava Nelly, uma das minhas jovens amigas venezuelanas, estudante de letras de pós-graduação. Eu a admirava e costumava sentir em relação a ela essa rara espécie de inveja que cruza a barreira dos sexos. Devia ter vinte e um ou vinte e dois anos, mas encarnava um ideal sem idade. Era pequena, magra, a feição de uma pureza rara, os olhos enormes, um ar aristocrático. Seu traje, de calças muito largas e corpete, era de cetim roxo; os seios perfeitos estavam quase descobertos; nos pés, uns tamancos orientais muito pontiagudos. A cabeleira loira, ondulada, caía sobre seus ombros numa diagonal que escondia um olho. Parte do seu encanto estava na incongruência. Era mulata, talvez com sangue indígena também, mas o rosto era de uma francesa. A cor do cabelo era recente, a julgar por comentários que ouvira de seus amigos; eu a conhecera ruiva, anos atrás. Nunca dava para imaginar o que estava pensando. Na discoteca estava tranquila, relaxada, com um copo de rum na mão e os belos olhos perdidos na contemplação. Parecia estar em outro lugar. Falava somente quando lhe dirigiam a palavra; quando não, se deixava envolver por um silêncio pacífico e acolhedor. Sua voz era um sussurro, mas tão bem articulado que se fazia entender perfeitamente em meio ao estrondo da música.

"Você está uma feiticeira nesta noite, Nelly", disse-lhe, com a língua travada pelo álcool.

"Como sempre, aliás. Já te disse isso?" Cada frase que pronuncio sai repetida, embora por isso mesmo eu a sinta duplamente, forrada na verdade profunda do seu sentido e da sua intenção.

Por um momento pareceu não ter me ouvido, mas esse era o modo normal dela reagir. Voltou-se para mim, no quase inexistente espaço de manobras que havia entre nossos dois corpos colados, como se a estátua de uma deusa girasse no altar.

"Me arrumei com cuidado especial em sua homenagem, César. Hoje foi o seu dia."

"Muito obrigado. Estou me divertindo. Mas você está sempre elegante, faz parte de você."

"Que amável. Você é bom por dentro e por fora, César."

Devo ter demonstrado com o gesto alguma estranheza pela segunda parte da proposição, porque a ouvi acrescentar:

"Você é bonito e jovem."

A luz era muito baixa, estávamos praticamente nas trevas. Ou, melhor dizendo, os feixes e piscadas dos refletores coloridos permitiam ver, mas não reconstruir mentalmente o que acontecia. É esse o descobrimento tão astuto desses lugares noturnos. O trabalho luminoso exterior reproduz o subjetivo e este se anula, ajudado pelo álcool e pelo barulho. Dessas profundidades de anulação se eleva, dourada e cálida como uma huri do paraíso, a bela Nelly. Tomei-a pela cintura e a beijei. Seus lábios tinham um sabor estranho, que senti como se fosse o sabor da seda. Estávamos tão perto, tão em cima um do outro, que todo o movimento impôs um deslocamento mínimo, quase imperceptível.

"Não sou mais jovem", disse-lhe. "Você não notou quanto cabelo eu perdi desde minha última visita?"

Ergueu o olhar até minha cabeça e negou. Eu insisti, com a obstinação de bêbado. Disse-lhe que minha calvície iminente me aterrorizava. E não por mera vaidade, mas por um motivo muito concreto. Quando jovem, disse-lhe, raspara a cabeça num acesso de loucura e tatuara uma inscrição, que depois o cabelo cobriu ao crescer. Se agora ficasse calvo e essa inscrição viesse à luz, seria o fim do escasso prestígio que conseguira construir como uma frágil carapaça de defesa ao meu redor.

"Por quê? O que está escrito?", perguntou como se por um instante acreditasse em mim.

"Só vou te dizer que é uma declaração de fé na existência dos extraterrestres."

Um raio violeta lhe varreu o rosto por um segundo e me mostrou seu sorriso sério.

Era por isso, continuei, que gastava uma fortuna em xampus e nutrientes capilares e o motivo pelo qual, desconfiando dos produtos comerciais, tinha me dedicado à química.

Em seguida, mudando de assunto, perguntei pelo anel que luzia na sua mão esquerda. Era uma joia intrigante, em forma de coroa, com uma pedra azul cujos lados pareciam encaixados separadamente. Disse-me que era seu anel de graduação, uma das tradições da universidade, ainda que o dela tivesse uma particularidade: tinham-no feito duplo, pois comemorava suas duas graduações simultâneas, como professora de letras e como professora licenciada em letras; era uma distinção bastante sutil, mas ela parecia orgulhosa dessa dupla formação.

Deixou sua mãozinha de seda entre minhas garras corroídas pelos ácidos nucleicos com que trabalho. Aproximei-a dos meus olhos para admirar o anel, que realmente era uma peça notável de ourivesaria e de engenho. A cada vez que uma bola de luz estroboscópica rodava sobre nós, a pedra azul acendia-se em brilhos e, pelas diminutas janelas cinzeladas, deixava-me ver uma multidão de jovens dançando. Sobre o fino filete de ouro que corria em serpentinas ao redor da pedra, deslizava uma inscrição.

"Olha", me disse fazendo o anel girar com dois dedos da outra mão. "As letras de uma inscrição se recombinam pra formar a outra e você pode ler qualquer um dos meus dois títulos."

Eu não conseguia ler, evidentemente, pela escassez de luz e pelo meu aturdimento a essa hora, mas pude admirar o mecanismo. Beijei-lhe os dedos.

Que Deus me perdoe, mas tinha minhas dúvidas sobre a seriedade dos estudos nessa Universidade tropical. Todos esses diálogos e carícias na discoteca faziam parte de um contexto mais amplo, no qual eu estava medindo a inteligência real de Nelly. Todas as minhas manobras de sedução, inocentes ou arriscadas, e até as mais apaixonadas e sinceras, têm como fundo comum uma constante avaliação da inteligência da mulher em questão. Não posso evitar. O pano de fundo deve ser a fantasia adolescente de ter um dia nas minhas mãos uma escrava sexual, uma mulher que se dobre, sem trégua, à vontade dos meus desejos. Para isso, sua inteligência deveria ter uma configuração e um tamanho muito especiais. Mas a inteligência é misteriosa. Sempre me engana, furta-se às minhas manipulações, inclusive as literárias, e fica como um enigma sem solução.

Nelly despertava em mim um outro interesse, ao mesmo tempo mais positivo e mais inefável. Era a melhor amiga de Amelina, sua confidente, sabia tudo sobre ela... Entre outras coisas, sabia onde se escondia. Era um instrumento do segredo, mas um instrumento por sua vez misterioso, que estabelecia uma continuidade do amor. Não eram parecidas em nada, eram quase opostas. Algum dia as comparei, brincando, com o sol e a lua. Ali na discoteca, e na minha intoxicação, eu tinha ao meu lado, palpitante e perfeita, uma realidade que tocava em todas as outras e continuava nelas, até abranger o mundo inteiro. Os olhos sonhadores de Nelly perdiam-se na noite e em mim.

8

NA AURORA, AS COISAS SURGIAM da sua realidade, como numa gota d'água. Os objetos mais triviais, enfeitados com uma realidade profunda, faziam-me vibrar quase dolorosamente. Um tufo de grama, um paralelepípedo, um pedacinho de pano, tudo era suave e denso. Estávamos na praça Bolívar, frondosa como um verdadeiro bosque. O céu ficou azulado, sem uma nuvem sequer, sem estrelas nem aviões, como se tivesse se esvaziado por completo; o sol devia ter saído do outro lado das montanhas, mas seus raios ainda não tocavam nem mesmo os altos cumes do lado ocidental. A luz tornava-se intensa, e os corpos não projetavam sombra. O escuro e o claro flutuavam em camadas. Os pássaros não cantavam, os insetos deviam estar dormindo, as árvores mantinham-se quietas como num quadro. E a meus pés o real continuava a nascer, feito um mineral que nascia, átomo por átomo.

A estranheza que dava brilho às coisas provinha de mim. Da minha perplexidade abismal brotavam mundos.

"Então posso amar?", me perguntava, "posso amar de verdade, como em uma novela, como na realidade?" A pergunta excedia tudo o que se podia pensar. Amar? Eu, amar? Eu, o homem-cérebro, o esteta da inteligência? Não seria necessário que acontecesse alguma coisa que tornasse isso possível, uma marca cósmica, um acontecimento que invertesse o curso de todos os fatos, uma espécie de eclipse?... A centímetros do meu sapato mais um átomo cristalizava-se em transparências de chama, e depois outro... Se eu podia amar, assim de repente, sem que o universo virasse de cabeça pra baixo, a única condição que subsistia para que a realidade se tornasse real era a contiguidade: que as coisas se colocassem do lado das coisas, em filas ou em placas... Não, era impossível, eu não conseguia acreditar. E, no entanto... *Plop*! Outro átomo de ar, à altura do meu rosto, iniciava outra espiral de combustão esplêndida. Se todas as condições podem ser reduzidas a uma única condição, é esta: que Adão e Eva são reais.

Nelly e eu, sentados num sofá de pedra sob as árvores, estávamos pálidos como papel. Eu estava com as feições estiradas ao máximo, o rosto de um velho, branco, sem sangue, os cabelos em pé. Sabia disso porque via meu reflexo nos vidros do Exoscópio, que estava à nossa frente. Os atores do teatro universitário tinham-no trazido à discoteca como um fim de festa, para me fazer uma homenagem de despedida; tínhamos dançado ao seu redor como selvagens celebrando uma orgia pluvial, vendo-nos todos dentro dele, miniaturizados e de cabeça pra baixo. Depois, bêbados, ele ficou esquecido e me dei ao trabalho de transportá-lo até a praça, pensando que cedo ou tarde lembrariam dele e viriam buscá-lo, uma vez que era necessário para a estreia oficial da obra.

Era preciso reconhecer que tinham feito um bom trabalho. A aurora refletia-se inteira no Exoscópio e, na aurora, nós dois, como depois do fim do mundo. Fazendo um esforço, afastei o olhar dos vidros do aparelho e olhei diretamente para Nelly. Sem saber por quê, lhe fiz uma pergunta estúpida:

"No que você está pensando?"

Ela ficou em silêncio por um momento, com os olhos no vazio, mas atenta:

"Não está ouvindo, César? O que será que está acontecendo?"

Eu jurava que o silêncio era absoluto, mas sendo estrangeiro não podia julgar sobre o normal ou anormal que incidisse nele. De qualquer modo, não era o silêncio o que intrigava Nelly. Ao sair do meu devaneio, eu também ouvia gritos de alarme, carros que aceleravam, sirenes, tudo num rumor surdo que palpitava ao redor, sem afetar a quietude ultramundana do centro da cidade, mesmo que bem próxima da gente.

"Os pássaros pararam de cantar", sussurrou Nelly, "e até as moscas se esconderam."

"Será um terremoto?"

"Pode ser", disse sem se comprometer.

Um carro passou a toda velocidade pelo lado da praça. Vinha atrás um caminhão militar carregado de soldados armados, um dos quais nos viu e nos gritou alguma coisa, mas andava tão rápido que não entendemos.

"Olha!", exclamou Nelly, apontando para cima.

Vi que o terraço de um edifício alto estava cheio de gente olhando ao longe e gritando. Nas sacadas ao redor de toda a praça acontecia o mesmo. Os sinos da catedral, diante de nós, começaram a bater. Num piscar de olhos, as ruas ficaram tomadas de carros com famílias inteiras...

Parecia uma loucura coletiva. De minha parte, poderia ter contemplado tudo como algo normal: não conhecia os costumes da cidade e a priori nada impedia que todos os amanheceres de domingo fossem assim, com os locais se debruçando de sacadas e terraços para ver como estava o clima e festejando, aos gritos, quão bom estava para seus passeios ou práticas esportivas; os sinos da catedral, por sua vez, não faziam nada além de chamar para a primeira missa; as famílias partiam bem cedo para seus piqueniques...

Se não estivesse com Nelly poderia ter entendido aquilo como a rotina dominical. Mas ela estava intrigada em grau máximo, e inclusive um pouco assustada.

Era evidente que o que acontecia estava acontecendo à distância, e toda a distância desse valezinho fechado estava nas montanhas que o rodeavam. Não era possível vê-las da praça, mas em qualquer das ruas adjacentes abriam-se as vistas panorâmicas que faziam o encanto turístico do lugar. Levantei. Nelly deve ter pensado o mesmo porque também se ergueu e calculou velozmente onde estaria o ponto mais próximo para afastar qualquer dúvida.

"Vamos aos arcos da rua Humboldt", disse já andando.

Eu conhecia esses arcos, estavam a cem metros, davam numas enormes escadas públicas e o desnível era tão pronunciado que dava para ver uma metade inteira do vale. Comecei a segui-la, mas a detive com um gesto:

"Deixamos este trambolho aqui?", disse, apontando para o Exoscópio.

Ela deu de ombros. Abandonando-o, partimos a passos rápidos. No curto trajeto até o arco, que fizemos em breves dois minutos, a atividade na rua multiplicou-se ao ponto de a multidão dificultar nossa caminhada. Todos estavam excitados, alguns aterrorizados, a maioria se apressava como se suas vidas estivessem em jogo. Todos falavam, mas eu não entendia uma palavra, como se falassem línguas estrangeiras, o que deve ser um efeito natural do pânico.

Ao olharmos para o alto, nós vimos. Era tão assombroso que levei um tempo para assimilar. De repente, o alarme era justificado, mais do que justificado. Não sei bem como descrever. Essa primeira visão era ultramundana; a aurora persistia, o sol ainda não aparecera, o céu estava muito claro e muito vazio, os corpos não projetavam sombras... E dos cumes das montanhas desciam lentamente algumas colossais larvas azuis... Advirto que dizê-lo assim pode fazer pensar na escrita automática, mas não há outro remédio a não ser dizer. Parece a intromissão de outro enredo, por exemplo, o de um velho filme barato de ficção científica. E, no entanto, havia uma perfeita continuidade que não fora interrompida em nenhum momento. Eram seres vivos, sobre isso não podia me enganar: tinha experiência até demais na manipulação das formas de vida. Existem movimentos que nenhuma máquina pode imitar. O tamanho das larvas podia ser calculado em uns trezentos metros de comprimento por vinte de diâmetro; eram cilindros quase perfeitos, sem cabeça nem rabo, ainda que a forma geométrica devesse ser reconstruída mentalmente porque se mostravam enroscadas, curvadas, adaptando-se às cavidades dos morros. Também se exibiam moles e meladas, mas o peso formidável podia ser deduzido do modo como afastavam enormes pedras ao passar, quebravam as rampas, faziam voar arvoredos inteiros feito farpas. O mais extraordinário, o que teria sido admirável se não acrescentasse nessas circunstâncias um toque de terror extra, era a cor: um azul fosforescente, com reflexos de água, de céu quase noturno, um azul que parecia úmido de placentas originais.

Nelly agarrou meu braço. Estava horrorizada. Deslizei o olhar pelo perímetro do grande anfiteatro andino: havia centenas de larvas, todas descendo para a cidade. Pelos gritos das pessoas, que de repente comecei a entender, soube que nas montanhas às nossas costas, as que não podíamos ver, estava acontecendo o mesmo. Já mencionei que Mérida está inteiramente rodeada de altitudes. Isso significava uma coisa: que em pouco tempo seríamos aniquilados pelos monstros. Os deslizamentos que produziam nas encostas eram catastróficos; todo o vale tremia com o rodopiar de pedras grandes feito casas, e já devia haver destroços nos arredores. Um simples cálculo de projeção indicava que a cidade estava condenada sem remédio. Duas ou três dessas larvas bastariam para derrubar até o último tijolo. E havia centenas! Mais do que isso: com espanto e desalento notei que a quantidade era indefinida... e crescente. Era como se continuassem nascendo, e o processo não dava sinais de parada. As mais avançadas já estavam a meio caminho entre a linha dos altos cumes e o chão do vale. Era por isso que desciam: a própria multiplicação as expulsava ladeira abaixo. Era uma fatalidade quase mecânica, não se devia a um impulso assassino das estranhas feras. Justamente, eram estranhas demais para abrigar desígnios. O que nos destruiria seria seu tamanho... Se alguém pensou que o tamanho seria uma ilusão de óptica, e que iriam diminuindo ao descer, até ficar inofensivas como filhotes sob as solas dos nossos sapatos, teve que descartar a ideia: eram muito reais e ter uma perto seria uma experiência terminal.

A esperança que era possível depositar na relatividade dos tamanhos foi penosamente dissipada com o episódio que pudemos presenciar naquele exato momento no arco. Vários caminhões militares, os que víramos passar na frente da praça e mais outros, confluíam numa estrada ascendente em direção às larvas. Vimos que pararam na altura da mais avançada. Os soldados pisaram o chão e se abriram em leque diante do bloco azul. Ali já não poderia mais haver engano: os homens eram insetos ao lado do monstro, pateticamente inofensivos. Isso ficou escancarado quando começaram a disparar suas metralhadoras. Não erravam nenhum tiro (era como apontar para a própria montanha), mas podiam continuar disparando uma eternidade com o mesmo efeito, ou seja, nenhum. As balas perdiam-se nas fofas toneladas de carne azul como pedrinhas jogadas ao mar. Tentaram com bazucas, com granadas e até com um canhão antiaéreo instalado sobre a capota de um dos caminhões, sempre com a mesma irrisória inutilidade. O desfecho veio quando uma parte do corpo da larva, na sua marcha cega, escorregou por um desvão abrupto da ladeira e rodou em cima da estrada, esmagando caminhões e homens como um colossal rolo de macarrão. Reduziu-os a lâminas. Os sobreviventes fugiam apavorados. A multidão que nos rodeava quebrou o silêncio atônito com que seguira os fatos, e ouvi choros e gritos de angústia. Era uma confirmação dos piores pessimismos. Alguém apontou para outro lado, onde outra catástrofe estava em curso: era a estrada por onde se saía do vale atravessando os platôs. Sobre uma compacta fila de carros que pretendiam escapar desabara outra larva, causando incontáveis mortes. A fila ficou bloqueada e as pessoas abandonavam os carros para voltar correndo para a cidade, saltando entre o mato e as pedras. Não havia como escapar. Era definitivo. Os olhares voltavam-se assustados para os velhos edifícios coloniais em meio aos quais nos encontrávamos: a própria cidade parecia ser o último refúgio possível e era ilusório pensar que seus frágeis muros pudessem aguentar o peso das larvas.

O sentimento coletivo voltava-se para si mesmo, como a comprovar, no caráter reativo do medo, a realidade do que estava acontecendo.

E essa inversão me alcançou. Como tanta gente, como todos talvez, sempre pensei que uma verdadeira catástrofe coletiva poderia encontrar a matéria dos meus sonhos, pegá-la nas mãos, dar-lhe forma, afinal; ainda que por um instante, tudo me estaria permitido. Seria necessário algo tão grande e geral como um terremoto, uma colisão planetária, uma guerra, para que a circunstância se fizesse genuinamente objetiva e desse espaço à minha subjetividade para tomar as rédeas da ação.

Porém, mesmo no supremamente objetivo manifestava-se o subjetivo. Os exemplos de cataclismos que dei, e que na realidade não são exemplos, não incluem uma invasão de grandes criaturas gosmentas. Isso nunca aconteceria na vida real; procede de uma imaginação febril, neste caso a minha, e volta a ela como metáfora da minha vida íntima.

Chegou aqui o momento de fazer outra mudança de nível, outra "tradução". Mas esta é tão radical que dá meia-volta e retoma o fio do relato exatamente onde tinha parado.

É que os processos mentais do personagem que me representa na "tradução" anterior, a partir do ponto em que se mediam os benefícios da catástrofe coletiva, diluíram-se inteiramente na ficção, recuperando todos os cabos soltos e operando uma reinterpretação generalizada não apenas das "traduções" prévias, mas do próprio processo de onde saem as "traduções".

Como na interpretação de um pesadelo, uma dúvida repentina me assaltara: não seria culpa minha? A priori parecia absurdo, um caso extremo e exagerado até a caricatura, da desproporção entre pequenas causas e grandes efeitos. Mas uma coisa levou à outra e foi se tornando verossímil numa progressão vertiginosa. Voltei através das minhas próprias "traduções" até a raiz de todas elas, até o dispositivo que havia representado sua origem. A marcha das larvas tornava-se retrógrada na minha mente e com a mesma brutalidade cega com que desciam tornavam a subir, arrasando minhas invenções, de cujos cadáveres esmagados surgiam nuvenzinhas de recordações, fantasmas de recordações.

Porque tinha esquecido tudo. O próprio sistema que elaborava os pensamentos encarregava-se de apagá-los, em sinuosas faixas brancas que atravessavam todos os níveis. Como é possível ter tanta amnésia numa vida só? Não é um ponto a favor da teoria da reencarnação?

Claro que há a "tradução cega", aquela que se faz transpondo mecanicamente as línguas, sem passar pelo conteúdo, que é o que fazem os tradutores profissionais quando topam com a descrição técnica e detalhada de uma máquina ou de um processo... Para entender do que se trata deveriam consultar um manual sobre o assunto, estudar alguma coisa que ignoram e que não lhes interessa... Mas não é necessário! Traduzindo corretamente, frase após frase, toda a página, a tradução ficará bem feita e eles continuarão tão felizmente ignorantes como no início, e ganharão por seu trabalho. Afinal, eles são pagos por conhecer o idioma, não por saber os assuntos.

A manada titânica de larvas azuis tinha seu vórtice invertido num ponto das montanhas. Dali surgiam à luz e deslizavam, antes de se fazer inteiramente visíveis, pelo horizonte quebrado dos cumes, como uma bola na roleta, até parar num ponto qualquer, materializar-se e começar a descer. Eram tantas e tão constante a emissão que desciam ao mesmo tempo de todos os pontos do círculo (nessa roleta todos os números saíam de uma só vez). Esse ponto de surgimento era eu que podia localizar e não havia mais ninguém que pudesse fazê-lo: era o meu clonador. Não podia ser outro. Os anos dedicados full time à manipulação de matéria clonada tinham afinado meu sexto sentido para reconhecê-la. Essas larvas tinham todas as características; o próprio descomedimento, de onde viria a não ser da multiplicação celular descontrolada que só a clonagem pode produzir? Os seres funcionais têm limites infranqueáveis. A primeira coisa que pensei foi que o aparelho tinha se escangalhado, ficado louco. Mas logo me corrigi; esse pensamento só era digno do cidadão da sociedade de consumo que compra um forno de micro-ondas ou uma câmera de vídeo e se deixa vencer pelas complicações do aparelho. Não era o meu caso, porque eu tinha inventado o clonador e ninguém sabia melhor do que eu que sua racionalidade era infalível.

Já disse que a cor e a textura das larvas era o que mais chamava atenção nelas. Foi o que me deu a ponta do novelo da explicação. Porque essa cor, esse azul brilhante tão peculiar, já desde o primeiro momento me fez pensar na cor da célula de Carlos Fuentes que a vespa me trouxera... Ainda que, quando a vi na célula, não me evocara o que me evocava agora, ao vê-la estendida em vastas superfícies ondulantes. Agora compreendia que eu tinha visto essa cor em outro lugar, e tinha visto no mesmo dia da captura da célula, uma semana atrás. Onde? Na gravata que Carlos Fuentes ostentava naquele dia! Uma esplêndida gravata de seda natural italiana, sobre uma imaculada camisa branca... e o terno cinza-claro... (uma lembrança atraía a outra, até completar o quadro). E a magnitude do erro tornava-se patente com uma evidência horrenda. A vespa tinha me trazido uma célula da *gravata* de Carlos Fuentes, não do seu corpo! Um gemido escapou dos meus lábios:

"Vespa estúpida e a puta que te pariu!"

"Hã?", disse Nelly surpresa.

"Nada não, é coisa minha."

Na realidade, não podia culpá-la. Toda a culpa era minha. Como esse pobre e descartável instrumento de clonagem ia saber onde terminava o homem e começava a roupa? Para ela era tudo igual, tudo era "Carlos Fuentes". No fim das contas, não era diferente o que acontecia com os críticos e professores que participavam do Congresso, que teriam dificuldade para dizer onde terminava o homem e onde começavam seus livros; para eles também tudo era "Carlos Fuentes".

Via tudo com uma clareza cristalina: a célula da seda continha o DNA da larva que a tinha produzido e o clonador, funcionando à perfeição, não fizera mais do que decodificar e recodificar a informação, com o resultado que estava à vista. Os monstros azuis não eram nem mais nem menos do que clones de um bicho-da-seda e, se eles tinham se ampliado até aquele tamanho absurdo, era simplesmente porque eu colocara o clonador para funcionar no modo "gênio". Em outras circunstâncias, eu teria sorrido com irônica melancolia ao ver a que desastrado e destrutivo gigantismo se reduzia a grandeza literária ao passar pelos teares da vida.

Voltei a mim dessas considerações, que passaram pela minha cabeça num átimo, com a urgência de fazer alguma coisa, qualquer coisa, para impedir a destruição iminente. Infelizmente, não tenho o dom da improvisação. Mas não era hora de lamentos e sim de ação. Algo logo me ocorreria. E ainda que não me ocorresse, ficaria tudo bem mesmo assim. Se eu tinha começado, eu podia terminar. Se tinha saído de mim, precisava voltar a mim. Não era possível que por minha culpa morressem milhares de inocentes e não ficasse pedra sobre pedra dessa velha cidade. A mera possibilidade do desastre projetava sobre a minha pessoa um resplendor demoníaco. Como escritor, sou inofensivo.

O que mais eu poderia desejar do que ser um diabólico, um destruidor de mundos! Mas é impossível. Ainda que, pensando bem, ali se manifestasse a produtividade da mudança de níveis, porque na realidade eu podia, sim, ser um ser diabólico, um monstro do mal: essas coisas são bastante relativas, como qualquer um sabe por sua experiência cotidiana.

Passei o braço pelos ombros de Nelly e saímos do meio dos curiosos agrupados no arco. O grupo inteiro dissolvia-se, homens e mulheres entravam num movimento precipitado que não tinha um objeto muito visível. O que podiam fazer? Esconder-se num porão? Tomar as últimas providências? Enfim, era preciso fazer alguma coisa.

Nelly estava em choque. Aproximei meu rosto do dela e falei para que reagisse:

"Vou fazer alguma coisa. Acho que posso detê-las."

Ela me olhava incrédula. Insisti:

"Se tem alguém que pode salvar a cidade, sou eu."

"Mas como?", balbuciou voltando o olhar para trás.

"Você vai ter que me ajudar."

Isso não era totalmente verdade, entre outras coisas porque ainda não tinha traçado um plano de ação. Mas deu resultado, porque seus olhos recuperaram um brilho de interesse. Deve ter lembrado que eu era o herói do Fio de Macuto e que as façanhas históricas não me eram alheias.

Não precisamos ir muito longe. Tropeçamos literalmente em um carro vazio que estava com o motor ligado e a porta aberta; o dono devia ter se misturado com o grupo que contemplava a partir do arco.

"Vamos!", disse.

Subi e assumi a direção. Nelly sentou ao lado. Partimos. Era um táxi, um velho Pontiac dos anos setenta, tão longo e largo como só podem ser os carros na Venezuela hoje em dia.

Temi que as ruas estivessem bloqueadas, mas não estavam. A paralisia do desconcerto subsistia na cidade. Acelerei e saímos pela avenida do Viaduto. A única solução que me ocorria era abrir passagem entre as feras nascentes, chegar até o clonador e desligá-lo. Assim ao menos cessaria a emissão. Não acreditava que colocá-lo em marcha a ré bastaria para reabsorver as larvas, mas poderia tentar. Por enquanto, acelerei fundo. Já estávamos sobre o Viaduto e tínhamos uma boa vista das toupeiras azuis arrastando-se pelas montanhas.

"Aonde nós vamos?", perguntou Nelly. "Não acho que dê pra fugir."

"Não é essa a minha intenção, ao contrário. Vou tentar chegar ao ponto de onde estão brotando."

Logo em seguida intercalei uma pequena mentira branca, porque não queria que adivinhasse minha responsabilidade no desastre:

"O que é preciso fazer é fechar o... buraco de onde saem e talvez consiga fazer com que voltem a... às profundezas."

Ela acreditou. Era absurdo, mas de certo modo evocava o mecanismo de mola do Fio de Macuto, no qual eu triunfara, e isso tornava tudo verossímil.

Continuei subindo, acelerando cada vez mais. O velho Pontiac vibrava com um estrondo de chapas soltas. Dirigir me devolvia algo da coordenação perdida; a noite em claro e o álcool tinham me dado um cansaço mortal em cada célula do corpo. O sono estava me derrubando. Mas o banho interno de adrenalina mantinha-me em movimento e, pouco a pouco, ia recuperando minhas faculdades.

Virei à esquerda por uma ruazinha que subia numa ladeira muito acentuada, pus a primeira e pisei fundo no acelerador até fazer o motor rugir. Com o esforço agônico, a carroça nos depositou na estrada que rodeava a cidade. Peguei a direita, correndo na brisa da alvorada; cruzavam o asfalto cobras e ratazanas que desciam dos morros espantadas. Desse ponto tivemos uma visão em primeiro plano do que estava acontecendo. O azul dos bichos cobria o para-brisa. Perto e longe, estavam em todas as partes e seu avanço era inexorável. O trajeto que fazíamos não demoraria mais do que uns minutos para se tornar perigoso, se é que já não era antes. Ouvimos o repicar de algumas pedras, por sorte pequenas, no teto. Comecei a duvidar da realização do meu plano. Chegar ao clonador parecia uma missão impossível. Teria que abandonar o carro, cedo ou tarde, talvez logo, logo; ao menos esperava poder chegar à saída que subia em direção ao platô; mas eu lembrava que, para colocar o aparelho, precisei continuar subindo a pé por uma hora, ou mais. E, tal como estavam se precipitando os acontecimentos, esse intervalo daria tempo de sobra aos bichos para fazer tábula rasa da cidade. Isso se conseguíssemos desviar deles e alcançar o objetivo. Passamos diante de um que vinha deslizando, já a uns duzentos metros da estrada. Vistos tão de perto, eram aterrorizantes. A forma que de longe se via tão nítida, tão de larva, aqui se tornava uma montoeira azul, estilo nuvem. Nelly devorava-o com os olhos, em silêncio. Voltou o olhar para a cidade, como se calculasse o lapso de tempo do inevitável. Nesse momento, senti que ela se lembrava de algo, e, efetivamente, soltou uma exclamação sufocada, olhando para mim.

"César!"

"O quê?!", disse levantando o pé do acelerador.

"Estava esquecendo da Amelina!"

A surpresa me confundiu de vez. Nesse momento mais do que nunca, Amelina parecia-me um mito, a lenda do amor. Como já me resignara que não a veria mais, seu nome chegava a mim de uma distância puramente linguística. Mas as palavras de Nelly transportavam uma urgência de realidade que me obrigava a adotar uma perspectiva mais prática, como se Amelina realmente existisse. E existia, sem dúvida. Estava em algum lugar da cidade que víamos se estender à nossa direita, pequena e ameaçada como uma maquete de cidade nas mãos de uma criança furiosa. Passou pelo meu cérebro a imagem de Florencia, meu amor juvenil, a Florencia jovem e apaixonada que eu sentira renascer trinta anos depois em Amelina. Como numa paisagem manipulada, o longe se via perto e vice-versa. Os relevos fantasmáticos do amor que haviam dado forma à minha vida giravam dando forma a um túnel de luz escura em que me afogava.

"Onde ela está?"

"Na casa dela. Ela dorme até tarde e tem o sono muito pesado. A gente precisa ir acordá-la e avisar do que está acontecendo!"

O que ela ganharia com isso? Nada, evidentemente. E nós menos ainda. Mas a ideia me atraía por duas razões: primeiro, para ver Amelina de novo, em circunstâncias selvagens e peremptórias; segundo, porque era a desculpa ideal para abandonar o plano pouco prático de escalar até o clonador. No momento de tomar a decisão, possuía-me uma euforia quase infantil, porque as palavras de Nelly implicavam que Amelina continuava vivendo sozinha, que não se casara e que ela, Nelly, continuava pensando nela em relação a mim, e se só resolvera mencioná-la em tal extremo era porque nossa história de amor era real, atravessava as traduções, atendia ao chamado...

"Vamos", eu disse. "Mas você vai ter que me guiar."

Ela apontou para a primeira saída da estrada e eu dobrei fazendo cantar os pneus. Demos as costas às montanhas e às larvas, como quem diz: e eu com isso!, e nos embrenhamos de volta na cidade, por uma avenida que eu não conhecia. Ela me disse que Amelina continuava morando num dos apartamentos de estudantes do edifício Nancy, o mesmo onde eu a visitara anos atrás. Não era longe, mas nada ficava longe numa cidade tão pequena.

O trânsito adensava-se, ainda que continuasse fluido, porque ninguém respeitava os semáforos. Fiquei me perguntando para onde iriam. Nos terraços, as pessoas continuavam olhando em direção aos morros com a mesma expectativa, o mesmo alarme, o mesmo desconcerto. Não tomavam nenhuma medida, mas o que poderiam fazer? Os carros corriam como loucos, todos na mesma direção...

"Para onde eles vão?", perguntou Nelly.

Logo soube: para o aeroporto. Estranhei não ter lembrado disso antes; pelo visto outras pessoas tinham lembrado. A única saída era pelo ar. Mas, mesmo supondo que houvesse disponíveis alguns aviõezinhos particulares, e que estivessem vindo aviões militares, não poderiam salvar muita gente e menos ainda a todos. O voo comercial chegava às dez, partia às onze, se é que não estava suspenso. E se vinha carregado de passageiros, eles mesmos exigiriam ocupá-lo para retornar a Caracas.

Fomos ultrapassados por uma Mercedes, buzinando como uma sirene, em cujo assento traseiro distingui o perfil sério de Carlos Fuentes e sua esposa. Eles também iam para o aeroporto. Iludidos! Ou teriam lhes oferecido assentos em algum avião oficial? A cidade era a capital do estado e, certamente, o governador teria um avião... mas não acreditei que num lance de "salve-se quem puder" como este fossem respeitadas as hierarquias literárias. Que nada! Certamente eles iam, como tantos outros, negociar de algum modo uma vaga... Lembrei que eu tinha uma reserva para o voo das onze, de fato estava com a passagem no bolso... Caso tivesse conseguido alcançar a poderosa Mercedes, teria lhes transferido o meu assento... Sempre tive simpatia por Carlos Fuentes; não em vão o escolhera para o meu experimento. Senti-me um miserável. Tudo o que estava acontecendo era culpa minha e agora, em vez de me jogar por inteiro para aniquilar a ameaça (era a única pessoa que poderia fazê-lo), deixava-me levar por um capricho íntimo, sentimental, com uma irresponsabilidade que me envergonhava. Para tranquilizar minha consciência, disse em voz alta:

"Vai levar só mais uns minutos. Depois vamos os três até a montanha."

Ela me indicou onde dobrar e continuou me guiando numa complicada volta que tivemos de dar. Inclinava-se para a frente e me assinalava, apontando com o dedo, para onde ir. Não podia evitar olhar para ela, e parecia que eu a via, outra vez, pela primeira vez. Voltava a descobrir sua beleza, sua juventude... um pouco excessiva para mim, mas era disso que se tratava. De voltar a ser jovem, "belo e bom", como ela dizia. Era misteriosa a pequena Nelly, sua calma e seu silêncio preservavam alguma espécie de segredo que me envolvia...

Aqui há uma lacuna no relato. Não sei o que aconteceu nos minutos seguintes. Talvez não tenhamos chegado até Amelina, talvez tenhamos chegado e não a encontramos, ou não conseguimos acordá-la. O certo é que de repente me encontrei a trinta ou quarenta metros sob o nível das ruas, na margem do riacho que corre por uma funda garganta, cruzando longitudinalmente todo o vale e a cidade. Às minhas costas, muito acima, estava o Viaduto, a mais central das pontes que unem um lado e outro da garganta. Uma multidão levantava-se por esse lado, olhando para mim. À minha frente, quase quieta, uma larva. Nem vinte metros nos separavam. Evidentemente o monstro havia caído ali embaixo: viam-se os rastros de sua queda, árvores tombadas, casas pulverizadas. Suas semelhantes já deviam estar sufocando a cidade num anel fatal. Dei uma olhada ao redor. Nos edifícios que despontavam da beira do barranco, as sacadas estavam cheias de curiosos olhando para nosso confronto. Reconheci o edifício Nancy, cujos muros rosados desprendiam um brilho opaco que nos coloria.

Mas eu devia me apressar. O sentimento de urgência era a única coisa que havia sobrevivido à minha amnésia. Estava com as mãos postas sobre as barras verticais do Exoscópio e Nelly fazia o mesmo do outro lado. Distinguia-a através dos painéis de vidro. Como chegáramos ali, com esse aparelho? Não tinha tempo para lembrar, mas podia imaginar. Ao ver uma larva cair no leito profundo do rio, que era o nível mais baixo que podia alcançar, devo ter pensado que a tinha à minha mercê, ao menos por uns minutos, para testar um experimento de aniquilação. Certamente corremos até a praça, que ficava a umas centenas de metros, para buscar o Exoscópio, eu o carreguei (prova disso era a dor que sentia em todos os músculos do corpo) e tentamos descer pela ponte do Viaduto: a corda que continua pendurada dava testemunho disso.

Eu sequer precisava pensar qual era o experimento, porque meu cérebro, em paralelo, já vinha fazendo todos os cálculos...

"Um pouco mais... aqui... devagar..."

A pobre Nelly ofegava por causa do esforço. Colocamos o Exoscópio em pé na frente da larva e fiz girar com cuidado os painéis de vidro. Um milímetro a mais ou a menos podia fazer toda a diferença. Vi-a refletida e toquei com a ponta dos dedos na sua imagem no vidro frio. Ainda que ameaçadora, brutal, mortífera, como um arranha-céu mole dotado de vida, era bela como uma obra-prima. Fico fascinado pelo que é grande, excessivo. Talvez nunca antes tivesse pisado na terra uma criatura semelhante, um ser de seda azul, tão artificioso e ao mesmo tempo tão natural. Seu fascínio estava inteiro na ampliação. Continuava sendo uma miniatura, sobre a qual se realizava a liberdade sem limites de tamanho.

Eu me virei para olhar diretamente para ela. Tinha se aproximado. Ainda que não tivesse rosto, havia nela uma expressão difusa, na qual acreditei ver seu espanto por ter nascido, seu sentimento de não ser bem-vinda, de ter caído onde não a queriam. Teria ficado horas admirando-a. Afinal, tinha motivos para pensar que era a minha obra-prima. Nunca voltaria a fazer nada igual, nem que me propusesse. O que lhe dava aquela tonalidade de azul era a espessura da sua matéria, o fato de que cada célula era composta de realidade e irrealidade. Como se meu olhar a excitasse, voltou a avançar, ainda que o mais provável fosse que nunca tivesse parado. O que para ela era apenas um tremor bastou para cobrir a distância que nos separava. Nelly refugiou-se às minhas costas, o público conteve o alento. Ergui o olhar para sua massa formidável, do alto de um edifício de cinco andares. Era agora ou nunca.

Tal como devia acontecer, nesse instante um raio de sol filtrou-se pela junção de duas montanhas e veio em linha reta pousar no vidro do Exoscópio. Mexi sabiamente nos painéis de modo a desenhar com o ponto amarelo um pequeno quadrado. Eu sabia bem o efeito que a atividade luminosa tinha sobre as células clonadas. E de fato a larva começou a se reabsorver em seu reflexo no vidro. Foi muito rápido, muito fluido, mas não aconteceu sem sobressaltos. A estrutura do Exoscópio sacudia e temi que desabasse. Segurei-o por um dos lados, com toda a minha força, e pedi a Nelly que fizesse o mesmo do outro. Ela me obedeceu, apesar do medo. Parecia que íamos voar em pedaços, mas nos mantivemos firmes e a larva passava e passava... Quando restava menos de um décimo materializado, enroscou-se à nossa volta. Fechei os olhos. Sentia o deslizamento, quase me roçando, e a cor azul penetrava-me até pelas pálpebras cerradas. Quando as abri, já tinha terminado de entrar... Ou, melhor dizendo, não. Restava um último fragmento de substância azul que, talvez por ser o último, se levantou num redemoinho violento, ao lado de Nelly, e se precipitou chupado pelo vidro. Nesse movimento, fez voar um sapato da minha amiga, e vi que tinha feito uma ferida em seu pé.

O Exoscópio ficara muito quieto. Inclinei-me para olhar pelo vidro. Lá estava, um filactério azul transparente que se dissolvia em átomos e se confundia numa furiosa batalha com os átomos dourados de sol, já num jogo inofensivo, artístico, que se dissipou em segundos. Mas uma gota de sangue do pé de Nelly havia espirrado no vidro. Os feixes atômicos levaram-na em torvelinhos para o fundo da transparência.

Afastei-me. Tudo estava terminado. O público aplaudia e ovacionava, iniciou-se um buzinaço jubiloso por toda a cidade. O rebanho completo de larvas gigantes desaparecera, dissolvera-se no ar do amanhecer. As pessoas viam tudo como se fosse uma espécie de milagre, mas evidentemente eu sabia que com os clones é assim: um são todos.

Examinei o pé da minha amiga, que sangrava profusamente. Já vinham descendo homens e rapazes pelo barranco e os primeiros a chegar se ofereceram para carregá-la até em cima; a ferida não era grave, mas seria preciso levá-la a um pronto-socorro para fazer um curativo. Subi atrás deles e, enquanto a acomodavam num carro, anunciei que iria embora no avião da manhã, como planejara. Ela prometeu ir ao aeroporto para se despedir de mim.

8 de março de 1996

POSFÁCIO

O Congresso de Literatura como *ars narrativa* de Aira

Muitas coisas me impressionam nesta novelinha do Aira — ou, como ele diz, *"novelita"* —, mas começo pelos sonhos. Primeiro, o sonho infantil de encontrar e resgatar um tesouro, conquistando fama por meio de um gesto gratuito e sem grandes esforços, em que um aparente talento é recebido diretamente da ordem divina. O outro, o sonho adulto, altamente irônico, de apontar a farsa do lugar do grande autor num sistema literário. Talvez esta seja a melhor peça para ler o desejo de fama do universo da literatura a partir do mundo dos super-heróis.

Desde a minha primeira leitura, me perguntei o que teria a ver um congresso de literatura em Mérida, na Venezuela, com uma aventura de busca ao tesouro pirata, que lembra tanto *A ilha do tesouro* de Stevenson quanto os filmes dos *Piratas do Caribe*, ou a história do Capitão Gancho, e que revela sua fonte, na verdade, em *O tesouro da juventude*, a enciclopédia antes da Wikipédia. Cheguei até a pensar que "O Fio de Macuto" era uma novelinha abortada, uma das que não deram certo, mas que Aira quis salvar deixando-a como o primeiro ato de uma peça maior, a que deu certo: *O Congresso de Literatura*.

Hoje penso que ela funciona como a porta de entrada para imaginar um congresso literário como um encontro de celebridades, no qual cada autor se sente o grande descobridor de um tesouro único, o seu, que lhe dá o passaporte para estar no evento. Ou seja, cada convidado é precedido por fama e pelo seu mito pessoal. Apesar de Aira afirmar na biografia que escreveu de Alejandra Pizarnik que o mito pessoal só se estabelece na morte do autor — como relato póstumo e que, portanto, dá conta da origem e do fim, entrelaçando vida e obra —, em vários outros textos ele o define antes como o estilo de cada escritor.

Um exemplo está em "O incompreensível", texto dos anos 2000, escrito para uma conferência em outro congresso, desta vez em Bogotá, e incluído no livro *La ola que lee* ou, no Brasil, *Pequeno manual de procedimentos*, com tradução de Eduard Marquardt.* Seguindo os formalistas russos, Aira estabelece que a primeira função da arte é transformar o familiar em algo estranho, tornar novo o velho, quebrar o hábito da percepção, em última instância, "criar uma língua estrangeira dentro da língua materna", o que vem a se chamar estilo: "Eu, ao estilo tenho chamado de 'mito pessoal' do escritor, porque acredito que termina por abarcar tudo, a vida e a obra, num contínuo incessante".**

---

* César Aira, *Pequeno manual de procedimentos*. Trad. de Eduard Marquardt. Org. de Eduard Marquardt e Marco Maschio Chaga. Curitiba: Arte & Letra, 2007.

** Ibid., p. 40.

É nesse mesmo texto que ele desenvolve a ideia que já havia espalhado pelo mundo em entrevistas, inclusive durante sua passagem pelo Brasil, num outro congresso de literatura, na Universidade Federal do Rio de Janeiro (UFRJ): a de que o mito pessoal do escritor depende sempre de um mal-entendido e de que esse equívoco o torna escritor. Em *O Congresso de Literatura*, o mal-entendido é exemplificado plenamente com a descoberta do tesouro. É mal-entendido porque nem mesmo aquele César Aira — que consegue, quase que gratuitamente, colocar para funcionar o mecanismo que desenterra o tesouro secreto — sabe como o fez e também porque não há nada escrito, documentado e nenhuma obra de decodificação do segredo. Enfim, é mal-entendido porque o Aira do livro chega ao congresso já precedido pela fama de descobridor, cientista maluco e milionário. O diz que me disse já havia chegado em Mérida quando o escritor saía de Macuto.

De todo modo, quando se fala de *O Congresso de Literatura*, geralmente se esquece desse preâmbulo e apenas a anedota da segunda parte é lembrada. O próprio Aira, em entrevista a Juan José Becerra, desta vez em um congresso de literatura em Rosario, o resume assim:

> Neste romance, o cientista maluco, o protagonista, quer clonar Carlos Fuentes. Para isso precisa de uma célula de Carlos Fuentes. Então fabrica uma abelha ou uma mosca, não me lembro bem, uma abelha mecânica, e a programa para que vá roubar, extrair uma célula de Carlos Fuentes, que está nesse congresso de Mérida. A abelhinha vai, e como há algo não contemplado na sua programação, ela colhe uma célula não do corpo mas da gravata dele. Como a gravata era de seda natural, quando a clona, saem larvas. Agora esse episódio é de um desenho animado, dos quadrinhos, é uma coisa infantil. Tem sua lógica, não? Mas é um desenho animado. Esse romance me deu uma grande satisfação porque

gosto muito que o mecanismo de meus romances esteja bem definido. É um pouco o que eu falava da perfeição e da imperfeição: mesmo dentro do maior delírio, as coisas devem funcionar bem, mecanicamente bem. Meu filho, quando lê, quando decide ler um dos meus romances, muito de vez em quando, busca os defeitos. Ele tem uma mentalidade pré-literária típica, não? E neste romance, o protagonista — o raciocínio é bastante complicado, mas acho que se sustenta — decide dominar o mundo, como todos os cientistas malucos, mas vê que todos fracassaram, e ele quer fazer diferente, quer fazer um exército do qual seja o comandante, mas que os soldados sejam superiores a ele, que sejam gênios, não? Por isso é que decide clonar Carlos Fuentes, criar uma tropa gigantesca de Carlos Fuentes para dominar o mundo. Faz isso, mas dá tudo errado por causa da gravata. Dispõe a célula da gravata nas montanhas, posiciona o clonador e, bom, se criam essas larvas gigantes que descem para a cidade e a atacam. Então, meu filho, quando leu, me disse:

"Está tudo muito bom, mas tem um defeito: por que as larvas são gigantes? Os bichos-da-seda são pequenos". Então tive a imensa satisfação de poder refutá-lo. Disse a ele: "Você não leu bem, eles são assim porque eu deixei o clonador no modo gênio".*

O modo como termina a fala tem muito de fim de piada ou de charada. Presume-se que o leitor ou a audiência entenda o motivo de os bichos-da-seda se reproduzirem como gigantes mas também o motivo de os gênios serem larvas gigantes. Em português, *gusano* pode ser traduzido como "larva", mas também como "verme". Teríamos então a ideia de que os gênios, quando clonados, se transformam em vermes gigantes. E até que o mal-entendido do

---

* Id., "Yo no tengo primera novela". Entrevista a Juan José Becerra. *elDiarioAR*. Buenos Aires, 17 abr. 2021. Disponível em: <www.eldiarioar.com/cultura/cesar-aira-no-primera-novela_128_7826217.html>. Acesso em: 13 out. 2023. Esta e as demais traduções são da autora, salvo indicação contrária.

DNA da gravata seja esclarecido, em princípio os vermes gigantes teriam se reproduzido do DNA de Carlos Fuentes. O melhor de todos os mal-entendidos. Até onde vai a maldade entre os escritores!

Grande parte do êxito do livro entre os leitores cult é justamente este: a ousadia de brincar com o grande Carlos Fuentes. No fim, pode parecer uma homenagem, mas, na minha opinião, funciona melhor como maledicência. Seria Carlos Fuentes, por ser o "gênio por excelência", um verme? Ou seriam vermes os discípulos e imitadores de Carlos Fuentes? Busquei nos escritos de Aira alguma coisa que pudesse revelar o quanto ele gostava ou desgostava de Carlos Fuentes e encontrei uma resposta bem razoável em "Los simulacros literarios del 'boom'" [Os simulacros literários do boom], de 1986, em que Aira o qualifica como "o ultraverborrágico e pomposo astro do romance mexicano".* Não é

---

* Id., *La ola que lee*. Barcelona/ Buenos Aires: Literatura Random House, 2021, p. 57.

nada melhor o que diz do mais recente romance de Fuentes à época, *Gringo viejo* [Gringo velho]: "é tão sério e 'difícil' como deveria ser e, inclusive, ainda pior do que se poderia esperar, dados os antecedentes do autor" ou "um escritor que inventa é menos respeitável aos olhos do grande público que aquele que escreve obviedades" ou ainda

> o procedimento de Fuentes tem algo de abusivo: que direito ele tem de atribuir ao grande escritor que foi Ambrose Bierce as baboseiras filosóficas e as veleidades estilísticas do medíocre escritor Carlos Fuentes?

Caso encerrado. O grande gênio é menor que o cientista maluco.

E parece que a única resposta de Carlos Fuentes ao agravo foi fazer de Aira, em *La silla del águila* [A cadeira da águia], um famoso escritor ganhador do Nobel de 2020. Na vida real, o nome de Aira está na lista do prêmio desde bem antes da data prevista na história de Fuentes, mas isso não faz dele o patético autor que fica esperando Godot e acumulando frustrações. Em entrevista de 2017 a Jesús Alejo Santiago,* ele afirma que nunca receberia esse tipo de premiação

> porque quando a outorgam, o júri tem que se justificar de algum modo e tem que falar de coisas não relacionadas à literatura. Precisam dizer "se trata de um autor dos direitos humanos" ou "da solidão do homem contemporâneo", e nos meus livros não há nada disso. Nunca aconteceu de concederem o prêmio Nobel a alguém porque era um bom escritor, e mesmo que tivessem concedido, na realidade foi porque "representava a solidão do homem... etc.". Pode ser uma condenação.

---

* Id., "La literatura es un juego irresponsable". Entrevista a Jesús Alejo Santiago. *Milenio*, Monterrey, 9 set. 2017. Disponível em: <www.milenio.com/cultura/la-literatura-un-juego-irresponsable-cesar-aira>. Acesso em: 13 out. 2023.

E o congresso de literatura de Mérida, afinal, teria existido? A contar pelo que afirmou o romancista mexicano Sergio Pitol, sim:

> Devia ser final de 1993 ou começo de 1994 quando conheci César Aira. Foi em um desses congressos anuais de literatura em Mérida, na Venezuela, para o qual convidaram uma ou duas dúzias de escritores hispano-americanos e que tinha como sede um hotel campestre, rodeado de chalés. Depois dos escritores venezuelanos, que eram legião, a delegação mexicana era a maior: seis ou sete escritores. Eu fiquei numa cabana de três dormitórios, amplo salão e um banheiro, com o espanhol Enrique Vila-Matas, amigo de muitos anos, e com um jovem argentino completamente desconhecido para mim. Era César Aira, que foi muito educado, mas manteve um leve ar de distanciamento [...]. Sempre o via inclinado escrevendo em pequenas cadernetas. Seus companheiros argentinos Héctor Libertella e Sergio Chejfec falavam dele com

reverência. Comentavam que talvez fosse a figura mais inusitada da literatura contemporânea. Era uma escrita provocativa, irritante, radicalmente desconcertante, parecida com a de Gombrowicz, diziam aos mexicanos que, como eu, também o desconheciam.*

Então é verdade que o mal-entendido que faz um escritor ser mesmo um escritor o precedia. A fama o antecipava. Seu tesouro era justamente seu estilo, seu mito pessoal: era "a figura mais inusitada da literatura contemporânea", não gostava de escrever romances, como Pitol escreve na continuação de seu relato, mas novelinhas altamente inventivas; respeitava e admirava Balzac e Stendhal, mas não queria fazer o que eles já haviam feito. Ele conta que o tema do congresso era *ars narrativa* e cada escritor deveria escrever e apre-

---

* Sergio Pitol, "Lo que dice César Aira". In: *La patria del lenguaje: lecturas y escrituras latinoamericanas*. Buenos Aires: Ediciones Corregidor, 2013, pp. 173-80.

sentar a sua. O texto lido por Aira, se for realmente o mesmo, também está em *La ola que lee* e é um de seus escritos mais conhecidos,* também porque funciona como porta de entrada para sua obra e para entender o que ele pensa da literatura e seu modo de escrever. Nele está quase tudo o que se tornaria conhecido como as grandes linhas de sua escrita: o procedimento à la Raymond Roussel, depois tematizado em muitas obras, e especialmente em "La clave unificada" [A dica única], de *Evasión y otros ensayos* [Evasão e outros ensaios]: "me espanta que me julguem por meus livros [...], preferia que vissem em mim um procedimento, como vejo em meu amado Raymond Roussel".** Por sua vez, é o que permite sair do que chama de "o pesadelo do eu" discutido em vários ensaios posteriores e

---

* A informação que aparece no rodapé diz que o texto foi apresentado durante a II Bienal de Literatura "Mariano Picón Salas", na cidade de Mérida, em setembro de 1993. Essa versão foi publicada na revista *Criterion*, n. 8, pp. 70-2, jan. 1994.

** César Aira, *La ola que lee*, op. cit., p. 180.

também em "Evasión": a necessidade de abandonar os gêneros, o que vai derivar posteriormente em uma "ética do abandono", como apreende Eduard Marquardt no posfácio ao *Pequeno manual de procedimentos*. E, por último mas em primeiro grau de importância, em sua *ars narrativa* aparece outra ética, de escrever mal, e que está ligada a seu procedimento por excelência: a "fuga para a frente", que explica desta forma:

> Descobri que quando se faz bem as coisas, tudo acaba rápido demais; ao menos a vontade de continuar, a motivação ou o estímulo válido terminam, deixando em seu lugar uma inércia mecânica. De modo que, ao não fazer tão bem (ou melhor: fazendo mal), permanecia uma razão genuína para seguir adiante: justificar ou redimir com o que escrevo hoje o que escrevi ontem. Fazer um capítulo dois que seja a razão de ser das fraquezas do capítulo um, e deixar que as fraquezas do capítulo dois consertem as do três... Meu estilo de "fuga para a frente", minha preguiça, minha

procrastinação, fazem com que eu prefira esse método ao de voltar atrás e corrigir.*

Não precisaríamos ir mais longe, sua *ars narrativa* está bem presente no próprio *O Congresso de Literatura*, e esse é mais um dos motivos de eu gostar tanto deste livro, ainda mais do que dos outros todos. No momento em que escrevo isso, entendo melhor: Aira foi convidado para um congresso de literatura onde deveria ler uma *ars narrativa*. Ele a escreve antes de viajar e leva essa versão na bagagem. No entanto, durante o evento, ele continua pensando em um modo mais interessante de compor a história (lembremos da descrição de Pitol: "Sempre o via inclinado escrevendo em pequenas cadernetas...") e então escreve *O Congresso de Literatura*, que é sua verdadeira *ars narrativa*. Não à toa Sandra Contreras escreve na tese *Las vueltas de César Aira* [As voltas de César Aira] que esse é "provavel-

---

* Ibid., p. 177.

mente o mais autorreflexivo dos relatos de Aira".* Imagino que ao ouvir todas as *ars narrativas* dos outros escritores, concluiu que todos se consideravam gênios e aproveitou para levar essa ideia de genialidade às últimas consequências.**

Quando observamos o começo da história — "Era uma vez, então... um cientista na Argentina..." — e como ela segue adiante — a partir da pergunta de como o cientista se encontrava naquela situação —, o que aparece de imediato é o mito de origem, o mito pessoal do escritor, "cujas modulações" são todos os romances escritos por ele. Esse mito teria a figura de uma válvula por onde passam todos os pensamentos e que impede que se possa voltar atrás e des-

---

* Sandra Contreras, *Las vueltas de César Aira*. Rosario: Beatriz Viterbo, 2008, p. 180.

** O livro foi datado como finalizado (e essa é outra marca Aira) em março de 1996. A primeira edição de *O Congresso de Literatura* foi da Universidade de los Andes, Mérida, em 1997. Depois foi publicado na Argentina pela Tusquets, em 1999, e finalmente pela Random House, em 2012.

fazê-los. Como se pelo único fato de o cientista maluco chamado César Aira ter pensado, já saísse o escrito. E como o cérebro dele tem uma velocidade incontrolável, logo entendemos que "No meu caso, nada volta atrás, tudo vai para a frente, empurrado com selvageria pelo que continua entrando pela válvula maldita" (p. 43). A velocidade é outra marca de Aira reconhecida pelos leitores e críticos.

Outra regra de sua *ars narrativa* aparece na sequência: "A literatura, a clonagem... as transformações são realizadas *sem o menor gasto de energia*" (p. 51, grifo do autor), sua escrita sem esforço, em que deixa as histórias se escreverem sozinhas, ou finge que é assim. E escolho outro entre tantos preceitos presentes no livro:

> sinto aversão pelo que agora se chama "intertextualidade" [...]. Imponho-me o trabalho de inventar tudo; quando não tem outro jeito a não ser recuperar alguma coisa já existente, prefiro lançar mão da realidade. (p. 74)

Aqui Aira introduz um de seus grandes temas. Ele já afirmou em várias entrevistas e textos, como em "Por que escrevi",* também incluído no *Pequeno manual de procedimentos* e lido em 2003 em outro congresso de literatura de Rosario, que sua escrita se deu para que, "caso a Argentina desaparecesse, os habitantes de um futuro hipotético sem a Argentina pudessem reconstruí-la a partir de seus livros".** Onde todos veem delírio, ele diz realidade.

Aira reitera que o segredo é tomar algo da realidade e preenchê-lo de coisas delirantes, de modo que ninguém possa decifrar onde está o real e onde está o delírio. Contreras defende que "a forma mais contundente, e a mais complexa talvez, em que a literatura de Aira postula um vínculo com a realidade está dada pela forma em que imagina" e estende o "imagina" a outros significantes: "pensa, experimen-

---

* César Aira, "Por que escrevi". In: *Pequeno manual de procedimentos*. Trad. de Eduard Marquardt, op. cit.

** Id., "Yo no tengo primera novela", op. cit.

ta — a clássica relação entre Arte e Vida".* O artigo pretende demonstrar o procedimento de Aira denominado por ela de "uma teoria geral da documentação: de uma poética da escrita entendida como registro dos acontecimentos, como anotação do que (se) passou (ao escritor)". Ouço a voz de Pitol de novo — "Sempre o via inclinado escrevendo em pequenas cadernetas" — e penso em *O Congresso de Literatura* como anotação do que aconteceu com ele e a seu redor em Mérida, aumentado no modo gênio. Ou delirante.

A pergunta de Becerra no congresso de Rosario de 2007, já mencionada e publicada em 2021 por ocasião do prêmio Formentor, traz essa particularidade à tona:

BECERRA: Tenho aqui anotada a palavra "realismo", que em algum momento iria aparecer. Co-

---

* Sandra Contreras (Org.), *Cuadernos del Seminario 2, Cuestiones Críticas*. Rosario: Centro de Literatura Argentina e Faculdade de Humanidades e Artes-UNR, 2013, p. 181.

nheci Mérida (Venezuela), onde *O Congresso de Literatura* se passa, e me pareceu que, apesar dos acontecimentos da narrativa, com as larvas gigantes e tudo isso, se tratava de um romance realista. Nenhum componente de delírio de seus livros afeta o realismo no qual se apoia.

AIRA: Quem sabe deveríamos dizer... Não falar de realismo mas de realidade, simplesmente, não?, uma realidade topográfica [...]. Uma vez uma doutoranda estrangeira foi a Flores e analisou vários de meus romances, sobretudo *El sueño* [O sonho]. Conheceu todos os personagens, fez entrevistas, os fotografou, fotografou os lugares, e se maravilhou com a realidade, que não é exatamente realismo. O realismo é outra coisa, é mais artificioso. Isso é quase a realidade bruta, misturada com um pouco de delírio.*

Não falar de realismo, mas de realidade, simplesmente. Aparece então outro preceito de Aira,

---

* César Aira, "Yo no tengo primera novela", op. cit.

presente em "Novela argentina, nada más que una idea": "A transposição literária de uma realidade exige a presença de uma paixão muito precisa: a da literatura".* Exatamente do que realistas esquecem. Mas Aira complica tudo, não resolve nada. É muito fiel à necessidade de criar estranhamento dos formalistas russos. Por isso, na conferência apresentada na cátedra Bolaño da Universidade Diego Portales, busca esmiuçar o realismo a partir de *Aladim e a lâmpada mágica*!**

Resta ainda uma pergunta a Aira: qual é, afinal, o segredo de seu êxito? Por que um autor como ele, que escreve *novelitas* de poucas páginas, publicadas até meados dos anos 2000 por

---

* Id., "Novela argentina, nada más que una idea". *La ola que lee*, op. cit., p. 22.

** Id., *El realismo*. Conferência da Cátedra Bolaño da Universidade Diego Portales, 21 abr. 2010. Disponível em: <www.youtube.com/watch?v=JX4_MLOIgiw>. Acesso em 13 out. 2023. Para os amantes, como eu, das intrigas entre autores, vejam o momento (no minuto 26:11) em que cai o pôster de Bolaño que está atrás de Aira. Ele ri, diz que pensou que fosse um animal roçando nele suas asas, e depois de uma pausa cita uma frase que seria de Baudelaire: "Senti roçar-me a cabeça as asas da imbecilidade...".

editoras quase desconhecidas, tornou-se ano após ano uma aposta ao prêmio Nobel? Um autor que insiste em afirmar a autonomia da literatura em tempos nos quais impera a regra de instrumentalizar sempre, de conferir a ela uma função nobre, de preferência redentora? Ele dá uma resposta:

> Perguntaram-me muitas vezes por que meus livros despertam interesse nos círculos acadêmicos: em professores, na universidade. E eu mesmo me perguntei se não haveria aí, de minha parte, um elemento de demagogia, de dar de bandeja todas as teorias. Acredito que isso se deve, entre outras coisas, ao fato de eu trabalhar na ficção, na criação romanesca, na criação do relato, com elementos da cultura popular tomados de desenhos animados, quadrinhos, filmes ou das bobagens da televisão, e com isso faço esses mecanismos um pouco metanarrativos. E os faço com suas características. Em geral, os que fazem mecanismos metanarrativos eruditos, os fazem com matéria nobre. Com a matéria nobre os professores não encontram

os mecanismos tão facilmente, mas comigo sim. Acho que isso, não sei muito bem, parece ser a chave, o segredo do meu sucesso, para dizer de alguma maneira.*

E é justamente *O Congresso de Literatura* o exemplo do que ele está dizendo. Depois de resumir o romance da maneira como o fez na entrevista a Becerra e de afirmar que o argumento da vespa clonada veio de um desenho animado, ele continua assim:

> Então, um professor pega isso e pode escrever um artigo sobre os limites do corpo, onde começa e onde termina um corpo, não? Esses temas, que servem para escrever artigos ou dar aulas, nesse formato de história em quadrinhos, são muito melhores do que se tomados em termos mais sérios, não?**

---

* Id., "Yo no tengo primera novela", op. cit.
** Id. Ibid.

Estou sendo paranoica ou ele está tirando onda com os professores, pesquisadores e críticos literários que se dedicam a sua obra? É impressão minha ou ele está rindo de mim, que estou escrevendo um posfácio, "levando a sério" seus argumentos teóricos "dados de bandeja", "mastigadinhos" em seus romances?

Mencionei que uma das coisas que me impressionam neste livro é o sonho infantil de descobrir um tesouro; de encontrar o gênio da lâmpada mágica, de ser um gênio e ter a lâmpada ou o tesouro tão buscado por todos — sonho que no livro é uma realidade. Como descreve Aira ao compreender o mecanismo que pode trazer o tesouro a seu encontro: "Pensei em anotar alguma coisa, para uma novelinha, mas por que não fazer alguma coisa, uma vez na vida, em vez de escrever?" (p. 19).* Para

---

* Id., *Discursos de agradecimiento Raúl Zurita y César Aira, Premios Iberoamericanos 2016*. Governo do Chile, Palacio de La Moneda, 21 nov. 2016. Disponível em: <www.premiosliterarios.cultura.gob.cl/discursos-de-agradecimiento-raul-zurita-y-cesar-aira-premios-iberoamericanos-2016/>. Acesso em: 13 out. 2023.

mim, esta é a magia: não escrever como quem sonha, mas tornar o sonho possível. Arquitetar um sonho feliz e transformá-lo em realidade no romance. Um trecho de seu discurso ao receber o prêmio ibero-americano de narrativa Manuel Rojas, em 2016, me leva ao coração da magia, se é que ela existe:

> Defini recentemente meus livros como "brinquedos literários para adultos", mudando a definição anterior, "contos de fadas dadaístas", que me parecia pretensiosa. Brinquedos porque são reproduções em miniatura das coisas reais, no meu caso dos romances de verdade.

Eu gosto dos brinquedos que ele lança sem parar. Como criança e adulta, mas também como professora e escritora, faço o mesmo percurso da infância, desejando a cada vez o brinquedo novo para montar e desmontar e ver como funciona. Brincando com seus brinquedos, acabo brincando com Aira até mesmo ao levá-lo a sério. Acho que é por isso que esses brinquedos servem a muitos e diversos leitores, mas não a qualquer leitor.

Termino com uma última anedota, ainda da entrevista com Becerra:

> Uma vez ia caminhando pelo meu bairro e cruzei com um senhor, desconhecido para mim. Ele me cumprimentou e disse: "Boa tarde, Aira". E eu fiquei pensando, um pouco sobressaltado, refletindo se o conheceria de algum lugar. Então ele, muito amavelmente, com um sorriso, disse: "Você não me conhece. Sou um leitor. Um humilde leitor". Depois fiquei pensando que, na realidade — isso pode parecer um pouco soberbo, mas vou dizer ainda assim —, não era um humilde leitor: um humilde leitor é um leitor de Isabel Allende ou de Paulo Coelho. Um leitor meu é um leitor de luxo.*

IEDA MAGRI
*Doutora em literatura brasileira pela
Universidade Federal do Rio de Janeiro (UFRJ),*

---

* Id., "Yo no tengo primera novela", op. cit.

professora de teoria da literatura da Universidade do Estado do Rio de Janeiro (UERJ) e pesquisadora do CNPq. É autora dos romances Um crime bárbaro *(Autêntica Contemporânea, 2022) e* Uma exposição *(Relicário, 2021), entre outros.*

Copyright © 1997 Casa de las Letras Mariano Picón Salas
Publicado em acordo especial com o agente literário Michael Gaeb
e Villas-Boas & Moss Agência Literária
Copyright da tradução © 2024 Editora Fósforo

Todos os direitos reservados. Nenhuma parte desta obra pode ser
reproduzida, arquivada ou transmitida de nenhuma forma ou por
nenhum meio sem a permissão expressa e por escrito da Editora Fósforo

Título original: *El Congreso de Literatura*

DIRETORAS EDITORIAIS Fernanda Diamant e Rita Mattar
EDITORA Eloah Pina
ASSISTENTE EDITORIAL Millena Machado
PREPARAÇÃO Sheyla Miranda
REVISÃO Livia Azevedo Lima e Eduardo Russo
DIRETORA DE ARTE Julia Monteiro
IDENTIDADE VISUAL E CAPA Celso Longo e Daniel Trench
IMAGEM DE CAPA Smith Collection/ Gado/ Archive Photos/ Getty Images
PROJETO GRÁFICO DE MIOLO Alles Blau
EDITORAÇÃO ELETRÔNICA Página Viva

Dados Internacionais de Catalogação na Publicação (CIP)
(Câmara Brasileira do Livro, SP, Brasil)

Aira, César
  O Congresso de Literatura / César Aira ; tradução Joca Wolff,
Paloma Vidal ; posfácio por Ieda Magri. — São Paulo : Fósforo,
2024.
  Título original: El Congreso de Literatura.
  ISBN: 978-65-6000-008-7
  1. Ficção argentina I. Wolff, Joca. II. Vidal, Paloma. III. Magri,
Ieda. IV. Título.
23-184412   CDD — Ar863

Índice para catálogo sistemático:
1. Ficção : Literatura argentina   Ar863
Eliane de Freitas Leite — Bibliotecária — CRB-8/8415

Editora Fósforo
Rua 24 de Maio, 270/276, 10º andar, salas 1 e 2 — República
01041-001 — São Paulo, SP, Brasil — Tel: (11) 3224.2055
contato@fosforoeditora.com.br / www.fosforoeditora.com.br

Este livro foi composto em GT Alpina
e GT Flexa e impresso pela Ipsis
em papel Bibloprint 60 g/m² para a
Editora Fósforo em abril de 2024.